임란, 삼백 감꽃

임란, 삼백 감꽃

이준영 장편소설

스파르타와 조선(밀양)의 전사.
대군의 간담을 서늘하게 만든
그들 간의 꿈의 대화.

좋은땅

작
가
의
말

   지난 2022년 『헤로도토스의 역사 따라 자박자박』을 펴낼 때였다. 이 책은 부산교육대학교에서 이뤄진 '인문학과 글쓰기' 수업 참여자들이 헤로도토스의 『역사』를 읽으며 써낸 글을 담은 모음집이다. 편찬 중 홀로 작원관지에 간 적이 있다. 기념비에서 '삼백'이란 숫자를 만났다. 그 순간 나는 수천 년의 시간을 사이에 둔 두 영웅의 전화선이 되었다. 테르모필라이 전투와 작원관 전투에서 각각 페르시아와 일본 대군의 간담을 서늘하게 만든 스파르타와 조선의 삼백 용사. 이 소설은 그들의 통화 내용이다.

차례

작가의 말	4
1. 작원관(鵲院關)의 전설	7
2. 두 번의 벼랑 끝에서 꿈을 키우다	21
3. 소년과 감꽃	33
4. 어느 군관의 꿈	39
5. 해자에 묻힌 함성	55
6. 작원관, 뜨거운 문턱의 항전	71
운명의 시작	들녘의 변화	방어선	전투	
7. 가난했지만 함께여서 행복했던 날들	131
8. 배신자의 말로	143
9. 금시당(今是堂)	161
10. "이제 그 짐을 내려놓게"	169
11. 역사의 메아리	177
12. 송 선생	183
후기	186
— 꿈으로 꾸며진 헤로도토스의 『역사』	

일러두기

* 이 소설은 역사적 사건이나 시대를 배경으로 하면서, 작가의 상상력으로 새로운 요소를 더한 역사 판타지이다. 실제 인물과 가상 인물, 실제 사건과 소설적 허구가 혼재되어 있다.

* 후기 '꿈으로 꾸며진 헤로도토스의 『역사』'는 『헤로도토스의 역사 따라 자박자박』에 실린 내용 가운데 꿈에 관한 부분을 발췌한 것이다. 이 소설의 진행 방식이 헤로도토스가 꿈을 다룬 서술에서 아이디어를 얻었기에 실었다.

* 헤로도토스가 『역사』에서 다룬 테르모필라이 전투가 이 소설의 핵심 모티브이다.

* 아몽 군관, 민기, 여름 공주, 군교 춘삼, 군교 칠복, 김 진사, 혜각대사, 이토 켄신, 마츠시다 등은 가상의 인물.

작원관(鵲院關)의 전설

장마는 지루하게 세상을 물로 적시고 마침내 물러갔으나, 그 흔적은 강물과 주위에 깊게 파여 있다. 벼룻길 아래 나뭇가지와 온갖 부유물이 떠내려가는 낙동강은 흙탕물로 거세게 불어나 있고, 강둑은 위태롭게 물살을 견디고 있다. 강 건너편, 백제 진영에서는 병사들의 움직임이 심상치 않다. 패배가 잇따르면서 군세는 궁색했지만, 다시 망루를 세우고 방책을 다지는 소리가 간간이 강 건너 신라 진영까지 들려왔다. 신라의 백전노장인 김유신 장군은 강둑 위에 세워진 누각에서 무겁게 눈을 감고 있다. 이곳은 낙동강 방어선의 중요한 요충지이다. 신라군은 그동안 전투에서 큰 승리를 거두고 있었다. 백제군을 물리칠 시간이 눈앞에 있는 상황이었다. 그의 옆에는 믿음직한 부관이 초조한 기색으로 서 있다.

"장군님, 강 건너 백제군의 움직임이 심상치 않습니다. 새로 도착한 병력까지 합세하여 진지를 대대적으로 확장하고 있습니다. 어림잡아도 우리 군사 수와 비슷해 보입니다. 왕 깃발까지 보이는 것으로 보아, 수세를 극복하기 위해 왕이 직접 군을 이끌고 온 듯합니다."

그는 부관의 보고에 말없이 고개만 끄덕였다. 그의 전투 경험으로도 지금의 상황은 극히 불리하다. 오랜 장마는 신라군의 보급로를 끊어 놓았고, 병사들은 지쳐 있었다. 식량은 바닥을 보였고, 무기 손질조차 여의치 않다. 어쩌면 백제를 멸망시킬 절호의 기회가 사라질지도 몰랐다. 그의 얼굴에는 깊은 수심이 드리워졌다.

"서라벌에 급파한 전령은 언제쯤 증원군과 함께 돌아올 수 있겠는가."

"벼랑길이고 강물이 불어 빨라도 열흘은 족히 걸릴 듯합니다. 설사 중원군이 온다 해도, 백제군에게 완전히 승리하기엔 역부족일 수 있습니다. 장군님, 저희가 저곳을 점령할 수 있을지…."

부관의 목소리에는 불안감이 역력하다. 김유신 장군은 대답 대신 다시 강 너머를 응시했다. 붉은 왕기 아래, 백제군의 사기가 올라가는 듯했다.

'시간이 필요하다. 어떻게든 시간을 벌어야 한다.'

그는 속으로 되뇌었다.

같은 시각, 강 건너편 백제 진영의 천막 안에서는 격렬한 논쟁이 벌어지고 있었다. 젊고 아름다운 여인이 왕에게 간청하고 있었다. 그녀는 백제의 공주이자, 뛰어난 지략으로 '전장의 꽃'이라 불리는 여름이었다. 그녀의 앞에는 왕이 근심 어린 표정으로 앉아 있다.

"아바마마, 하늘이 저희에게 기회를 주고 있습니다. 신라군은 장마에 지치고 보급마저 끊겨 사기가 땅에 떨어졌습니다. 지금 당장 별동대가 강을 건너 저들을 급습한다면, 새로운 전기를 마련할 수 있습니다. 주저하실 이유가 없습니다."

여름 공주의 목소리는 확신에 차 있었다. 그녀는 평소에도 전술 토론을 즐겼고, 과감한 결단력으로 병사들 사이에서도 두터운 신망을 얻고 있었다. 하지만 왕은 신중하다. 그는 잔을 들어 물끄러미 강물을 바라본다.

"여름아, 네 말에도 일리가 있다. 하나, 저 거센 강물을 보아라. 아직 물살이 너무 거칠고 수위가 높다. 지금 무리하게 도하를 시도하다가 병사들만 잃고 혼란에 빠질 수 있다. 신중해야 한다."

"아바마마, 신중함도 때를 가려야 합니다. 강물이 빠지기를 기다리는 동안 신라의 증원군이 도착한다면 어찌하시겠습니까. 그때는 백제군이 몰살할 수도 있습니다. 적에게 공격할 틈을 주어서는 아니 됩니다."

여름은 답답한 듯 가슴을 쳤다. 백제 왕은 딸의 뛰어난 지략과 용맹함을 누구보다 잘 알고 있었다. 하지만 이번만큼은 모험을 감행할 수 없었다. 그는 오랜 전쟁 경험으로 성급한 공격이 가져올 파멸을 익히 알고 있었다.

"내 결정은 변하지 않는다. 사흘만 더 기다리겠다. 강물이 안정되면, 그때 공격을 감행할 것이다. 그때까지 군사들의 사기를 북돋우고 만반의 준비를 하라."

여름 공주는 실망감을 감추지 못했지만, 왕의 어명 앞에서 더 이상 강변할 수는 없었다. 그녀는 예를 갖추어 물러났지만, 그녀의 눈빛은 꺼지지 않은 불씨처럼 타올랐다.

'아바마마께서는 너무 신중하시다. 이 절호의 기회를 놓칠 수는 없어. 백제를 위해, 내가 나서야 한다.'

그녀의 마음속에는 이미 위험하지만 담대한 계획이 움트고 있었다. 그날 밤, 온 세상이 깊은 어둠과 적막에 잠겼다. 달빛조차 구름에 가려 희미하다. 여름 공주는 병사들의 눈을 피해 검은색 도포를 뒤집어쓰고 은밀히 진영을 빠져나왔다. 그녀의 발걸음은 가볍고 빨랐다. 강가에 도착한 그녀는 갈대밭 사이에 교묘하게 숨겨진 작은 쪽배 하나를 발견했다. 아마도 강 건너 신라의 동태를 살피던 첩자가 사용하던 것이리라. 그녀는 망설임 없이 배에 올라탔고, 능숙하게 노를 저어 거친 강물 속으로 나아갔다. 강심으로 나아갈수록 물살은 더욱 거세졌다. 작은 배는 나뭇잎처럼 위태롭게 흔들렸고, 차가운 강물이 뱃전으로 넘어 들어왔다. 배가 크게 요동칠 때마다 심장도 함께 철렁거렸다. 칠흑 같은 어둠 속에서 오직 노 젓는 소리와 거친 물소리만이 들려왔다. 그녀는 두려움을 느꼈지만, 그보다 더 강한 것은 나라와 아바마마의 안전을 위한 염원이었다.

'이 한 몸 바쳐 백제를 구할 수만 있다면.'

그때다. 갑자기 집채만 한 물살이 배를 덮쳤다. 여름은 비명을 지를 새도 없이 필사적으로 노를 붙잡았지만, 역부족이었다. 배는 순식간에 뒤집혔고, 그녀의 몸은 차디찬 강물 속으로 곤두박질쳤다. 거센 물살이 그녀를 휘감아 깊은 곳으로 끌어당겼다. 숨이 막혀 오고 눈앞이 캄캄해지는 절체절명의 순간, 여름은 마지막 힘을 다해 간절히 기도했다.

'하늘이시여, 부디 저에게 힘을 주소서. 이대로 죽을 수는 없습니다. 제 한 목숨보다 백제의 운명이 더 중요합니다. 저에게 백제를 구할 기회를 주소서.'

바로 그 순간, 기적이 일어났다. 그녀의 온몸에서 눈부시게 영롱한 금빛 광채가 뿜어져 나오기 시작했다. 물속에서 간신히 빠져나온 여름은 자기 몸을 내려다보았다. 그녀의 손과 팔이 빠르게 작아지며 부드러운 깃털로 뒤덮이고 있었다. 몸은 가벼워졌고, 등에서는 단단한 날개가 솟아났다. 순식간에 그녀는 한 마리 아름다운 새로 변해 있었다. 온몸의 깃털, 특히 날개깃은 달빛 하나 없는 어둠 속에서도 스스로 빛을 발하는 듯한 찬란한 금빛이었다. 신비롭고 고귀한 기운을 뿜어내는 금빛 까치였다. 여름은 잠시 혼란스러웠지만, 이내 이것이 자신의 간절한 기도에 하늘이 응답한 것임을 깨달았다. 이제 인간의 몸으로는 할 수 없는 일을 할 수 있게 된 것이다. 그녀는 새로 얻은 날개를 힘차게 퍼덕여 물 위로 솟아올랐다. 그리고 망설임 없이 강 건너편, 어둠 속에 잠긴 신라 진영을 향해 날아갔다.

한편, 작원관의 김유신 장군은 깊은 밤에도 잠을 이루지 못했다. 내일 아침이면 백제군이 강을 건너 공격해 올 가능성이 높았다. 그는 밤새 적을 완전히 물리칠 전략을 짜며 좁은 장막 안에서 초조하게 서성거렸다. 등불 아래 펼쳐진 지도 위에는 그의 고민의 흔적이 가득했다.

바로 그때였다. 어디선가 푸드덕거리는 소리와 함께 한 마리의 새가 장막 안으로 쏜살같이 날아들었다. 장군은 반사적으로 허리춤의 검으로 손을 가져갔다. 그런데 자세히 보니 평범한 새가 아니었다. 어두운 장막 안에서도 그 새의 날개는 마치 황금으로 만들어진 듯 영롱한 빛을 뿜어내고 있었다. 그는 생전 처음 보는 기이한 새의 모습에 잠시 경계를 늦추지 않으면서도 호기심을 느꼈다.

금빛 까치는 장군을 두려워하는 기색 없이 그의 눈을 똑바로 응시하더니, 갑자기 날아올라 장막 한가운데 세워진 그의 군대의 상징인 영기 끝에 사뿐히 내려앉았다. 잠시 후, 까치는 다시 날아올라 장막 안을 이리저리 어지럽게 날아다니기 시작했다. 책상 위의 두루마리를 흩뜨리고, 등불을 위태롭게 흔들었다. 깜짝 놀란 신라 장군은 자신도 모르게 소리쳤다.

"네 이놈, 요망한 것."

그는 장막 밖으로 날아가는 까치를 쫓아 뛰쳐나갔다.

"장군님, 무슨 일이십니까?"

장군의 외침과 새의 소란에 놀란 경비병들이 황급히 달려왔다. 금빛 까치는 이제 장막 밖으로 나와 신라 진영 전체를 휘젓고 다니기 시작했다. 한밤중에 나타난 신비로운 금빛 새의 등장에 잠들어 있던 병사들까지 깨어나 웅성거리기 시작했다. 군영은 순식간에 혼란에 빠졌다.

"저, 저게 뭐냐. 귀신인가."

"아니다, 불길한 징조다. 전쟁에 나쁜 징조야."

"금빛 날개를 가진 새라니 필시 요괴의 짓이다."

병사들은 두려움에 떨며 술렁였다. 어떤 이들은 겁에 질려 무기를 내던지고 숨으려 했고, 다른 이들은 새를 쫓아내려 돌팔매질하려 했지만, 새는 날렵하게 피했다.

"모두 진정하라. 동요하지 말고 제자리로 돌아가라. 저것은 그저 미물일 뿐이다."

김유신은 목이 터져라 고함을 쳤지만, 한번 시작된 혼란은 쉽게 가라앉지 않았다. 병사들의 동요는 극에 달했다. 바로 그때, 금빛 까치는 무기고가 있는 쪽으로 날아갔다. 그러고는 갑자기 날개를 거세게 퍼덕이며 큰 바람을 일으켰다. 그 바람에 옆에 쌓여 있던 화살통들이 우르르 넘어졌고, 그중 하나가 옆에 있던 화톳불 위로 떨어지면서 순식간에 불길이 치솟았다.

"불이야. 무기고에 불이 났다."

병사들은 이제 새를 신경 쓸 겨를도 없이 불을 끄기 위해 우왕좌왕했다. 물을 길어 오고, 흙을 퍼붓고, 아수라장이 된 진영은 통제 불능 상태에 빠졌다. 바로 그 순간, 강 건너편에서 희미하게 나팔 소리가 들려왔다. 뒤이어 망루에 있던 병사의 다급한 외침이 밤의 정적을 갈랐다.

"적군이다. 백제군이 강을 건너오고 있습니다."

김유신은 등골이 서늘해지는 것을 느꼈다.

'설마 이 야음을 틈타 도하를.'

백제군이 기습적으로 강을 건너오고 있었다. 신라 진영은 내부의 혼란과 화재로 인해 방어 태세를 전혀 갖추지 못한 상태였다. 금빛 까치는 여전히 불길과 혼란에 빠진 병사들 사이를 요란하게 날아다니며 소란을 부추겼다.
  그즈음 백제 진영에서는 여름 공주가 사라진 것을 뒤늦게 알게 된 왕이 노발대발하며 진영을 발칵 뒤집어 놓았다. 공주의 행방을 찾기 위해 병사들이 샅샅이 수색하던 중, 한 병사가 숨을 헐떡이며 달려와 보고했다.

"폐하. 강 건너 신라 진영에서 큰 소란이 벌어진 것 같습니다. 불길이 치솟고 병사들이 우왕좌왕하는 모습이 보입니다."

왕은 급히 강가로 나아가 건너편을 바라보았다. 과연 병사의 말대로였다. 신라 진영은 아수라장이었고, 여기저기서 불길이 타오르고 있었다. 그는 직감했다. 이것이 하늘이 내린 기회라는 것을. 딸의 실종에 대한 걱정은 잠시 잊었다.

"좋다. 절호의 기회다. 별동대는 즉시 도하하라. 오늘 밤, 신라군을 혼란에 빠트려라."

왕의 호령이 떨어지자, 별동대는 일제히 함성을 지르며 강물 속으로 뛰어들었다. 뗏목과 배를 이용해 빠르게 강을 건넌 신라 진영을 향해 빗발치듯 화살을 퍼부었다. 미처 전열을 가다듬지 못하고 혼란에 빠져 있던 신라군은 속수무책으로 쓰러져 나갔다.

김유신은 필사적으로 병사들을 수습하여 방어선을 구축하려 했지만, 여의치 않았다. 내부의 혼란과 외부의 기습 공격에 신라군은 어려움을 겪었다. 그때, 그의 눈앞에 다시 그 기이한 금빛 까치가 나타나 마치 조롱하듯 그의 주위를 맴돌았다. 그는 이 모든 혼란이 바로 저 요사스러운 새 한 마리 때문에 벌어졌음을 직감했다. 끓어오르는 분노를 참지 못하고 활을 집어 들었다. 그는 신라 최고의 명궁이기도 했다. 그는 까치를 향해 시위를 힘껏 당겼다가 놓았다. 화살은 바람을 가르며 날아갔지만, 금빛 까치는 놀라운 속도로 몸을 비틀어 화살을 피했다. 즉시 두 번째 화살을 꺼내 다시 쏘았지만, 결과는 마찬가지. 까치는 마치 그의 움직임을 미리 알고 있다는 듯이 교묘하게 화살을 피하며 신라군의 혼란을 부추겼다. 결국, 백제군 별동대는 성공적으로 강을 건너 신라 진영 깊숙이 밀고 들어왔다. 김유신 장군은 뼈아픈 결단을 내려야 했다. 그는 백제군을 섬멸할 기회를 미루고 일시 후퇴를 명령했다.

"후퇴하라. 물러난 후 전열을 정비한다."

장군과 그의 측근 몇몇은 수비대의 호위 아래 잠시 뒤로 물러났다. 김유신의 얼굴에는 백제군을 이길 시기가 늦어진 데 대한 아쉬움과 함께, 그 정체 모를 금빛 새에 대한 의문과 분노가 서려 있었다.

금빛 까치, 여름 공주는 신라군의 뒷모습을 바라보며 안도의 한숨을 쉬었다.

'성공했다. 이제 아바마마와 우리 백제군은 안전할 것이다. 아바마마도 이제 군사를 보전해 고국으로 무사히 돌아갈 수 있겠지.'

그녀는 마지막으로 작원관 언덕 위를 한 바퀴 선회했다. 하지만 몸이 점점 무거워지고 날갯짓이 힘겨워지는 것을 느꼈다. 하늘의 도움으로 얻었던 신비한 변신의 힘이 다해 가고 있었다. 그녀는 작은 마을 어귀, 한적한 숲속에 내려앉았다. 땅에 발을 디디는 순간, 금빛 광채가 스러지며 그녀는 다시 인간의 모습으로 돌아왔다. 여름은 손과 몸을 내려다보았다. 다시 아름다운 여인의 모습으로 돌아온 것이다.

하지만 안도감도 잠시. 그녀는 옆구리에서 타는 듯한 극심한 고통을 느꼈다. 옷을 들춰 보니 피가 흥건히 배어나고 있었다. 신라 장군이 쏘았던 화살 중 하나가 결국 그녀의 몸을 스쳤던 것이다. 까치의 모습일 때는 느끼지 못했던 상처가 인간의 몸으로 돌아오자 맹렬한 통증과 함께 나타났다. 여름은 힘없이 마을 어귀의 큰 나무 아래에 쓰러졌다. 과다한 출혈로 의식이 점점 흐려졌.

생명의 불꽃이 사그라드는 것을 느끼며, 그녀는 희미하게 미소를 지었다. 비록 자신은 죽어 가지만, 조국 백제를 위기에서 구했다는 안도감과 자부심이 그녀의 마지막을 감쌌다. 그녀의 눈에는 부왕의 모습이 어른거리는 듯했다.

다음 날 아침, 일찍 밭으로 나가던 마을 사람들은 숲 어귀에 쓰러져 있는 아름다운 여인의 시신을 발견하고 깜짝 놀랐다. 그녀는 평민과는 다른 고운 옷을 입고 있었지만, 누구인지 신원을 알 수 있는 것은 아무것도 없었다. 다만 이상한 것은, 그녀의 주변에 마치 별 가루처럼 반짝이는 금빛 깃털 몇 개가 흩어져 있었다는 점이었다. 사람들은 그녀의 신비로운 죽음을 기이하게 여기면서도, 예를 갖춰 양지바른 곳에 묻어 주었다.

그날 이후, 금빛 깃털과 함께 나타났다가 사라진 신비로운 여인을 기리기 위해, 마을 사람들은 그곳을 '금빛 새 마을', 즉 '금새(金鳥) 마을'이라고 부르기 시작했다. 시간이 흐르면서 이 이름의 발음이 조금씩 변하여 오늘날의 '검세 마을[1]'이 되었다고 전해진다. 그리고 그 신비로운 금빛 까치가 내려앉아 신라군을 혼란에 빠뜨렸던 언덕에는 '까치 원(집)이 있는 관문'이라는 뜻의 '작원관'이라는 이름이 붙었다.

이 이름 역시 시간이 지나면서 '깐촌'으로 변했다고도 한다.

마을 사람들은 나라를 위해 목숨을 바친 여름 공주의 넋을 기리기 위해, 매년 장마가 끝나고 첫 번째 보름달이 뜨는 밤이면 작원관 언덕과 검세 마을 어귀에서 정성껏 제사를 지냈다. 그날 밤에는 유난히 밝은 달빛 아래, 금빛 깃털을 가진 아름다운 까치가 마을 위를 맴돌며 날아다닌다는 이야기가 전해진다. 사람들은 그 금빛 까치를 보면 소원이 이루어진다고 굳게 믿으며, 나라를 위해 자신을 희생한 여름 공주의 숭고한 충성심과 용기를 세대가 지나도 잊지 않고 기억하고 있다.

세월이 흘러 신라가 통일의 대업을 이룬 후 그 빛이 드넓은 영토 구석구석을 물들이던 시절, 백성의 삶을 살피고 나라의 기강을 바로잡기 위해 길을 나선 왕이 있었다. 그의 여정은 끝없이 이어지는 산맥을 넘고, 때로는 거친 강물을 건너야 하는 고된 길이었다. 수개월에 걸친 순시는 왕에게도, 그를 따르는 신하와 병사들에게도 지칠 법한 강행군이었다. 어느덧 왕의 행렬은 남쪽으로 향해, 만어사로 향하는 길목에 이르렀다. 만어사는 신비로운 이야기가 깃든 고찰로, 왕은 그곳에서 나라의 안녕과 백성의 평화를 기원하고자 했다. 절로 향하기 위해서는 큰 나루터를 건너야 했는데, 강 건너편으로는 깎아지른 듯한 절벽이 병풍처럼 둘러쳐져 장관을 이뤘다. 오랜 여정으로 심신이 지쳐 있던 왕은 나룻배에 오르며 잠시 숨을 골랐다.

그때였다. 어디선가 까치들의 요란한 울음소리가 들려오기 시작했다. 소리를 따라 왕과 신하들의 시선이 절벽 위로 향했다. 그곳에는 믿을 수 없는 광경이 펼쳐졌다. 수백, 아니 수천 마리는 족히 되어 보이는 까치 떼가 마치 검은 구름처럼 절벽 위를 뒤덮고는 일제히 왕의 일행을 향해 지저귀고 있었던 것이다.

"까악, 까악! 까악까악."

마치 오랜 기다림 끝에 반가운 손님을 맞이하는 듯한 환희의 합창이었고, 왕의 행차를 환영하는 우렁찬 외침과도 같았다. 깎아지른 절벽은 거대한 무대가 되었고, 수많은 까치는 왕을 위한 특별한 악단이 된 듯했다. 평소 길조로 여겨지던 까치들이 이토록 열렬히 자신을 반기는 모습에 왕의 얼굴에는 잔잔한 미소가 떠올랐다. 오랜 순시의 피로가 한순간에 가시는 듯했다.

그는 절벽을 가리키며 곁에 있던 신하에게 말했다.

"보아라. 저 까치들이 마치 과인의 행차를 알고 환영하는 듯하지 않느냐. 신라의 영토를 두루 살피는 이 길에 상서로운 기운이 함께하는 것이리라."

신하들도 경이로운 표정으로 고개를 끄덕였다. 그들 역시 기이하고도 신비로운 광경에 깊은 감명을 받았다. 왕은 잠시 까치들의 환영을 받으며 생각에 잠겼다. 이 땅의 미물조차 왕의 순시를 이토록 반기는데, 하물며 백성들이랴. 그는 이번 순시를 통해 더욱 낮은 자세로 백성들의 목소리에 귀 기울여야겠다고 다짐했다. 나루터를 건너 절벽 아래에 다다른 왕은 잠시 걸음을 멈추고 다시 한번 까치 떼가 장관을 이루던 곳을 올려다보았다. 비록 백제는 사라졌지만, 여름 공주도 하늘에서 삼국통일을 기뻐했던 것일까.

두 번의 벼랑 끝에서
꿈을 키우다

때는 바야흐로 조선 중기에 접어들 무렵. 남녘 땅 동래에도 봄기운이 완연하다. 읍성 동헌 앞마당은 이른 아침의 부산함으로 술렁였다. 스물여덟 해, 인생의 중턱에 선 이 선비는 또다시 한양으로 향하는 긴 여정을 준비하고 있다. 굳게 다문 입술과 단정히 여민 흰 도포 자락 아래, 그의 마음은 세 번째 도전하는 과거길에 대한 불안과 가문의 기대를 짊어진 절박함으로 천근만근 무겁게 가라앉아 있었다. 앞선 두 번의 낙방에 도저히 좌절할 수 없었다. 밤잠 설쳐 가며 책과 씨름했던 청춘의 시간들, 그리고 그 시간을 묵묵히 지켜보며 응원해 준 가족들의 얼굴이 스쳐 지나갔다. 그의 곁에는 어릴 적부터 형제처럼 지내 온 충직한 머슴 돌쇠만이 무거운 짐을 짊어진 채 묵묵히 서 있다. 돌쇠는 말수가 적었지만, 주인의 속내와 그늘을 누구보다 깊이 헤아리고 있었다.

"나리, 이제 길을 나서셔야지요. 날이 더 밝기 전에 부지런히 걸어야 합니다."

돌쇠의 말에 이 선비는 힘겹게 고개를 끄덕였다. '대낫들이 길[2]' 어귀를 지나 온천장 쪽으로 발걸음을 옮겼다.

이 선비는 황산도[3]에서 만날 아찔한 두 개의 벼랑길에 대한 걱정이 앞섰다. 한 달 여정의 고단함을 향한 걱정을 밀어낼 정도였다. 동래를 벗어나 북쪽으로 향하는 길은 제법 너르고 평탄했다. 파릇파릇 새싹이 돋아난 논밭과 나지막한 언덕들이 이어졌다. 소산 마을 인근, 소산고개를 넘을 무렵이었다. 저 멀리서부터 왁자지껄한 말소리와 발걸음 소리가 들려왔다. 잠시 후, 땀과 먼지로 얼룩진 얼굴들이지만 눈빛만은 형형한 일단의 무리가 나타났다. 저마다 괴나리봇짐을 짊어진 보부상들이다. 안동과 상주 등 경상도 내륙의 큰 장터로 향하는 길이었다. 십여 명 남짓한 그들은 길 위의 삶에 단련된 강인함을 온몸에서 풍겼다. 보기에도 연륜이 깊어 보이는 행수 격의 김 서방, 쉬지 않고 너스레를 떠는 입담 좋은 박 서방, 과묵하지만 매서운 눈으로 주변을 살피는 최 서방 등이 무리를 이끌고 있었다.

그들은 저마다 기구한 사연을 품고 길 위에서 만난 인연들이다. 김 서방은 양반가의 서자로 태어나 설움을 겪다 집을 나섰다. 박 서방은 지독한 가뭄으로 전답을 잃고 가족의 생계를 위해 등짐을 졌다. 최 서방은 젊은 시절 군역을 피해 떠돌다 보부상 세계에 발을 들였다. 길 위에서 그들은 서로에게 가족이자 동료였고, 험한 세상과 맞서는 전우였다.

"허허, 이른 아침부터 걸음이 바쁘신 선비님이시구려. 행색을 보니 한양 가시는 길이오."

박 서방이 특유의 넉살 좋은 목소리로 말을 걸어왔다. 이 선비는 잠시 망설이다 짧게 답했다.

"과거를 보러 가는 길이오."

"아이고, 고생이 많으십니다그려. 우리야 이 길이 밥줄이니 고생이라 할 것도 없지만서도, 선비님처럼 고운 분이 걷기에는 영 편치 않은 길일 텐데요. 특히나 이제 곧 양산 땅에 들어서면 황산잔도를 만나고, 또 밀양

땅에선 그보다 더하다는 작원잔도를 지나야 할 터인데, 부디 몸조심하셔
야 할 겝니다."

박 서방이 익살과 걱정이 뒤섞인 표정으로 거들었다. 그는 작년에 비
온 뒤 미끄러운 황산잔도에서 발을 헛디뎌 지고 가던 귀한 비단을 강물에
빠뜨릴 뻔했던 아찔한 기억을 떠올리며 저도 모르게 몸서리를 쳤다. 최
서방은 말없이 이 선비와 돌쇠의 행색을 살피더니, 김 서방에게 나직이
말했다.

"저분들, 아무래도 잔도 길은 무리일 듯 하니 우리가 앞뒤에서 잘 살펴
드려야겠소."

이들은 동래 땅을 벗어나 양산으로 넘어가는 고개인 사밧재에 도착했다.

"도련님, 예로부터 이 고개가 범어사와 연결된 길이라 하니, 부디 좋은
기운을 받아 장원급제하시길 바랍니다!"

돌쇠의 말에 이 선비는 묵묵히 고개를 끄덕였다. 그는 허리춤에 찬 귀한
붓을 매만지며, 지난밤 잠 못 이루고 외웠던 경전 구절들을 되새겼다. 험
준한 산길은 과거 시험을 향한 자신의 지난한 노력을 말하는 것 같았다.
보부상들에게 사밧재는 그저 장사를 위해 오가는 길이었지만, 이 선비
에게는 입신을 위한 굳은 의지로 오가는 길이었다.
김 서방은 허리를 펴며 숨을 크게 들이마셨다.

"허, 참! 사배고개라고도 불리는 이 사밧재는 인근 사배마을에서 유래했다지. 새벽이 일찍 찾아온다는 뜻이라네."

박 서방이 고개를 끄덕이며 말을 이었습니다.

"또 어떤 이는 이 고개를 '사바세계', 곧 우리 인간들이 사는 세상에 빗대어 '사밧재'라 불렀다 하더구먼."

이 선비와 돌쇠가 고개를 오를 때, 보부상들은 이미 고갯마루에 거의 다다랐다. 영상의 주막 앞에는 다리쉼을 하며 막걸리를 기울이는 사람들이 보였다.

양산 땅에 들어서자 풍경은 사뭇 달라졌다. 길은 내송천의 맑은 물길을 따라 구불구불 이어졌고, 산세는 점점 험준해졌다. 물금 나루터 방향으로 향하자, 낙동강의 거대한 물줄기가 눈앞에 펼쳐졌다. 그리고 마침내, 듣기만 해도 간담이 서늘해지는 '황산베리끝', 황산잔도 앞에 섰다. 강물을 바로 옆에 끼고 거대한 바위 벼랑을 수직으로 깎아 겨우 사람 하나 지나갈 길을 낸 곳이었다. 발밑 수십 길 아래로는 시퍼런 강물이 거세게 소용돌이치고 있었고, 길 폭은 두 사람이 나란히 서기조차 어려울 만큼 좁았다. 나무 기둥과 판자로 얼기설기 엮은 구간은 위태롭기 짝이 없다.

"여기가 그 황산베리끝이구먼. 길이 워낙 험해서 예전에 술 한잔 걸치고 객기 부리다 미끄러져 강물에 빠져 죽은 장꾼들이 부지기수였다지."

김 서방이 혀를 차며 말했다. 그의 얼굴에도 긴장감이 감돌았다. 보부상들은 익숙한 솜씨로 등짐을 단단히 고쳐 메고, 벼랑에 몸을 바짝 붙인 채 신중하게 발걸음을 옮기기 시작했다. 이 선비는 잔도의 압도적인 공포에 숨을 제대로 쉴 수 없었다. 현기증이 일고 다리가 후들거렸다. 세 번째이지만 생전 처음 오는 길 같다. 차마 아래를 내려다볼 엄두도 내지 못하고, 바위에 손을 짚으며 거의 기다시피 나아갔다. 돌쇠가 앞에서 그의 손을 잡고 낮은 목소리로 격려했다.

"나리, 제 손만 잡으십시오. 앞만 보고 천천히 걸으시면 됩니다."

얼마쯤 걸었을까, 갑자기 강 쪽에서 거센 바람이 불어왔다. 이 선비는 순간 휘청하며 균형을 잃었다.

"악."

짧은 비명을 지르며 벼랑 쪽으로 쓰러지려는 순간, 돌쇠가 온 힘을 다해 그의 팔을 끌어당겼다. 바로 뒤따르던 최 서방도 재빨리 그의 등을 받쳤다. 잠시 숨을 고른 이 선비의 등줄기에는 식은땀이 흐른다. 겨우 황산잔도를 통과했을 때, 그는 이미 녹초가 되어 버렸다. 온몸의 힘이 빠져나가고, 정신은 아득하다.

'여기도 이 정도인데 작원잔도는 또 얼마나 더 험할까.'

이 선비의 얼굴은 사색이 되었다. 그는 감히 다음 잔도를 생각할 엄두조차 내지 못했다. 더 북쪽으로 걸었다. 길은 더욱 좁아지고 산은 더욱 높아졌다. 삼랑진 땅에 가까워지자, 저 멀리 강변에 삼국시대부터 나루터 신과 용왕을 모시던 제를 지냈다는 가야진사의 모습이 보인다. 일행은 깎아지른 듯한 천태산 기슭에 있는 작원잔도 앞에 다다랐다. 황산잔도와는 비교할 수 없을 정도로 위압감을 안겼다. 훨씬 더 높고, 훨씬 더 아슬아슬하게 벼랑에 매달려 있었다. 마치 하늘에 걸린 실낱같은 길이어서 사람의 힘으로 만들었다고는 믿기 어려운 광경이었다. 깎아지른 절벽 아래로는 낙동강의 거센 물줄기가 바위에 부딪히며 성난 듯 포효했고, 골짜기를 휘몰아치는 바람 소리는 귀를 찢을 듯했다.

"나리. 정신 바짝 차리셔야 합니다. 절대 아래를 보지 마시고, 땅만 보고 제 발자국만 따라오십시오."

돌쇠가 거의 고함을 치듯 말했다. 그의 목소리에도 긴장이 잔뜩 묻어났다. 이 선비는 눈을 질끈 감았다.

'만약 여기서 떨어진다면 나의 꿈, 가문의 기대는 모두 물거품이 된다. 세 번째 과거마저 실패하면 나는 어찌 되는가.'

온갖 부정적인 생각과 극한의 공포가 그의 온몸을 옥죈다. 그는 차가운 바위벽에 손을 짚고, 떨리는 다리를 억지로 움직여 한 발 한 발 힘겹게 내디뎠다. 이전의 기억을 살려 온 정신을 발끝에 집중했다. 보부상들도 이

번에는 장난기 하나 없는 진지한 얼굴이다. 잔뼈 굵은 그들에게도 작원 잔도는 무척 조심해야 하는 길이었다. 그들은 서로에게 큰 소리로 위험 구간을 알리고, 발 디딜 곳을 확인하며 조심스럽게 나아갔다.

"김 서방. 저기 발판 끄트머리 삭았네. 조심하게."

"강바람이 점점 거세진다. 짐 단단히 붙들고, 벽에 바짝 붙어."

모두가 숨을 죽이고 잔도의 가장 위험한 구간을 지날 때이다. 앞서가던 박 서방이 안돌이를 돌아 나갈 때 지게 한쪽 끈이 날카로운 바위 모서리에 걸려 '툭' 하고 끊어지는 소리가 났다. 순간, 지게가 크게 기울면서 짐의 무게 중심이 흐트러졌다.

"으악."

박 서방이 비명을 지르며 강 쪽으로 맥없이 기울었다. 그의 발이 허공을 디뎠다. 바로 뒤따르던 최 서방이 번개같이 몸을 날려 그의 팔뚝을 움켜쥐었다.

"정신 차려, 박 서방. 힘을 내."

김 서방과 다른 보부상들도 급히 달려들어 박 서방을 끌어 올렸다. 모두의 심장이 멎는 듯한 순간이었다. 간신히 안전한 곳으로 온 박 서방의 얼굴은 공포와 안도로 뒤범벅되어 흙빛이었다. 그는 아무 말도 못 하고 거친 숨만 몰아쉬었다. 이 선비는 바로 눈앞에서 벌어진 생사의 모습에 잠시 자신의 공포를 잊었다. 그때, 그의 흐릿한 시야 속으로 까치 한 마리가 검은 화살처럼 휙 날아와, 위태롭게 솟아 있는 뾰족한 바위인 원추암 근처에 가볍게 내려앉는 것이 보였다. 문득 어려서 할머니에게 들었던, 까치가 길을 잃은 나그네에게 길을 알려 주었다는 작원잔도의 전설이 생각났다. 동시에 옛날 어느 고을 수령이 이곳을 지나다 발을 헛디뎌 떨어져 죽었다는 원추암의 비극적인 이야기가 섬광처럼 교차하며 떠올랐다.

'위험 속에 길이 있고, 죽음 곁에 생명이 있다. 떨어짐과 이어짐이 공존하는 곳이 바로 이 벼랑 끝인가.'

가슴 깊은 곳에서부터 뜨거운 무언가가 치밀어 오른다. 어쩌면 이 죽음의 벼랑길이야말로 자신에게 새로운 시작, 새로운 깨달음을 주는 관문일지도 모른다는 강렬한 예감이 온몸을 휘감았다. 황산잔도를 이미 건넜다. 그리고 지금, 이 작원잔도마저 건널 수 있다면, 과거의 쓰라린 실패 또한 능히 극복하고 새로운 길을 열 수 있지 않을까. 저 까치는 어쩌면 길조, 희망의 전조일지도 몰랐다. 그는 다시 한번 힘을 내 발걸음을 옮겼다. 얼마나 시간이 흘렀을까. 까마득하게만 보이던 잔도의 끝, 마침내 평탄한 흙 땅이 눈앞에 나타났다. 마지막 한 걸음을 내딛는 순간, 이 선비는 온몸의 긴장이 풀리며 그대로 땅바닥에 풀썩 주저앉았다. 무사히 통과했다는 안도감이 밀려왔다. 돌쇠가 황급히 다가와 그를 부축했다. 보부상들도 하나둘 잔도를 벗어나, 거친 숨을 몰아쉬며 땀을 훔치고 아무렇게나 주저앉았다. 박 서방은 여전히 얼굴이 창백했지만, 동료들의 도움으로 목숨을 건진 것에 감사하며 연신 고개를 숙였다. 김 서방이 땀을 닦으며 이 선비를 보고 껄껄 웃었다. 그의 웃음소리는 안도와 피로가 뒤섞여 있었다.

"허허, 선비님. 이번엔 황산잔도 때보다 얼굴이 더 하얘지셨구려. 그래도 용케 건너셨소. 장정들도 오금을 저리는 길인데. 이제 다 됐소. 이제 작원잔도를 넘었으니 한양 가는 길은 큰 고비 없이 순탄할 거요."

이 선비는 아직도 떨리는 몸을 일으켜, 보부상들을 향해 깊이 허리를 숙였다.

"여러분 덕분에. 정말, 정말 감사하오."

그의 목소리는 가늘게 떨리고 있다. 잠시 동안, 신분의 차이를 넘어 위험을 함께 통과한 사람들 사이에는 유대감이 흘렀다. 그들은 말없이 서로의 얼굴을 바라보며 지친 숨을 골랐다. 곧, 각자의 목적지를 향해 다시 길을 나섰다. 저 멀리 작원잔도를 뒤돌아보며 이 선비는 생각했다. 삶이란 어쩌면 끊임없이 벼랑 끝을 걷는 여정일지도 모른다. 위태로운 길 위에서 좌절하고 쓰러질 수도 있지만, 동시에 새로운 길을 발견하고 한계를 넘어설 수도 있다.

황산잔도와 작원잔도, 두 번의 고비를 넘기며 용기를 얻었다. 그것은 어떤 어려움 앞에서도 자신의 의지로 한 걸음 더 나아갈 수 있다는, 작지만 단단한 확신이었다. 이번 과거길, 그는 어떤 결과가 기다릴지 알 수 없었지만, 이제 두렵지 않았다. 그는 붓을 들어, 자신의 길을 써 내려갈 용기를 얻었다. 그의 발걸음은 어느새 이전보다 한결 가볍고, 그러나 더욱 단단해져 있었다. 아까 보았던 그 까치 한 마리가 다시 한번 힘차게 하늘을 가르며 날아올랐다. 마치 그의 새로운 시작과 앞날을 축복이라도 하듯이.

밀양 땅에 들어서자 이 선비는 발길을 더 서둘렀다. 웅천(밀양강)을 넘어 추화산 아래 용평고개에 이르자 아름드리 모과나무[4] 앞에 섰다. 이 나무는 과거를 보러 가는 선비들에게 수호신과 같은 존재로 알려져 있다. 그들은 모과나무 아래에서 정성껏 절을 올리고, 나무의 효험을 빌며 급제를 기원했다.

이 모과나무는 오랜 세월의 흔적을 담고 있었는데, 기이하게도 그 밑동에는 사람이 몸을 숨길 수 있을 정도로 커다란 구멍이 나 있다. 나무에 얽힌 이야기는 이렇다. 먼 옛날, 한 선비가 과거를 보러 가던 중 모과나무 아래에서 잠시 쉬어가게 되었다. 그는 모과나무의 구멍 속에서 잠이 들었고, 깊은 잠에 빠져 과거 시험 시기를 놓칠 뻔했다. 그때, 모과나무가 흔들리며 큰 소리를 내어 선비를 깨웠다. 놀라 깨어난 선비는 정신을 차리고 다시 길을 떠날 수 있었고, 다행히 시험에 늦지 않게 되었다. 이 선비는 훗날 장원급제하여 크게 이름을 날렸는데, 그는 자신의 성공이 모두 용평고개 모과나무 덕분이라고 이야기했다고 한다.

그 후로 어떤 선비는 직접 쓴 시를 나뭇가지에 매달아 자신의 포부를 다짐하기도 했다. 이들의 간절한 기도가 모여 모과나무는 점점 더 신령스러운 기운을 갖게 되었고, '한양은 몰라도 용평 모과나무는 안다'는 말이 회자될 정도로 유명해졌다.

소년과 감꽃

"민기야, 한 마리에 홍시 한 알, 알제."

햇살이 쨍하게 내리쬐는 1592년 늦봄, 점심 밥상이 막 물려진 참이었다. 밀양 삼랑진읍에서도 강가 쪽으로 조금 더 들어간 '깐촌' 마을 끝자락 초가집. 어머니 순양은 머릿수건을 질끈 묶고 호미를 챙겨 들며 밭으로 나설 채비를 했다. 그저 툭 던지는 말 같았지만, 민기를 향한 목소리에는 약속의 의미가 담겨 있다. 민기는 흙먼지가 풀풀 날리는 마당을 가로질러 나가는 어머니의 뒷모습을 보며 툇마루에 앉아 힘차게 고개를 끄덕인다.

"예."

대답하는 목소리엔 힘이 들어갔다. 벌써 입안에는 가을날 탐스럽게 익어 말캉해질 주홍빛 홍시의 달콤함이 가득 고이는 듯하다. 마당에는 오래된 늙은 감나무가 온몸으로 하얀 꽃망울들을 달고 있다. 누군가 밤새 나무 위에 올라 하얀 쌀 튀밥을 소복이 뿌려 놓은 듯, 가지마다 팝콘처럼 터진 감꽃들이 매달려 있다. 종 모양으로 겸손하게 고개를 숙인 채 피어난 연둣빛 꽃받침 속 하얀 꽃잎들. 그 모습이 어쩐지 곧 태어날 새끼 돼지들의 여리고 불안한 자세를 닮았다는 생각을 민기는 문득 했다.

"꿀꿀, 쾌애액 꿀꺽."

뒤꼍 돼지우리에서 육중한 몸을 뒤척이는 소리가 들려온다. 곧 새끼를 낳을 어미 돼지이다.

잔뜩 불어난 배 때문에 걸을 때면 땅에 닿을 듯 뱃살이 출렁거려 짧은 다리가 잘 보이지 않을 정도이다. 민기는 어미 돼지가 새끼를 몇 번이나 낳는 것을 보아 왔다. 구정물 같은 돼지 밥을 챙겨 주고 역한 냄새가 나는 우리를 치우는 고된 일은 어머니 몫이었지만, 새끼 돼지가 태어나는 경이롭고도 위태로운 순간을 지키는 것만큼은 온전히 소년 민기의 중요한 임무였다.

어미 돼지가 한번 새끼를 낳기 시작하면, 열 마리가 훌쩍 넘는 새끼들이 차례차례 세상 밖으로 나오기까지는 꼬박 서너 시간이 걸린다. 해 뜨면 밭으로 나가 해가 져야 돌아오는 고된 농사일에 어른들이 종일 돼지우리 옆에만 붙어 있을 수는 없는 노릇이었다.

민기는 돼지우리에서 들려오는 미묘하게 다른 어미의 신음 소리를 듣고는 후다닥 달려갔다.

"아이고, 벌써 거꾸로 나오네."

아니나 다를까, 가늘고 힘없는 뒷다리 두 개가 먼저 모습을 드러내고 있었다. 정상이라면 포대기에 싸인 아기처럼 머리부터 나와야 했다. 꾸물거리다가는 새끼 돼지가 양수에 질식해 죽을 수도 있다. 민기는 익숙하지만 여전히 떨리는 손길로, 조심스럽게, 하지만 단호하게 새끼 돼지의 미끄러운 다리를 잡는다. 그리고 어미가 다시 힘을 줄 때까지 잠시 기다렸다가, 숨을 참고 살살 당겨 낸다. 축축하고 미끈둥한 감촉, 생명의 온기가 손바닥 가득 전해진다.

마침내 온전히 빠져나온 새끼 돼지. 민기는 재빨리 새끼의 입과 코를 막고 있는 희끄무레한 양막을 손가락으로 찢어 벗겨 낸다. 그러곤 곧바로 연약한 뒷다리를 잡고 거꾸로 들어 올려 가볍게 툭툭 쳐 준다. 그렇게 해야 폐 속에 들어찼을지도 모를 양수를 토한다. 찰나의 순간, 모든 것이 멈춘 듯했다. 새끼 돼지가 미동도 안 한다. 민기의 심장이 덜컥 내려앉았다.

'너무 늦었나.'

그때였다.

"컥컥, 푸르르."

몇 번의 가쁜 기침과 함께 새끼 돼지가 미약하지만 분명하게 첫 숨을 토해 냈다. 폐 속의 이물질이 뱉어지고 가느다란 숨결이 터져 나온다. 성공이다. 민기는 안도의 한숨을 내쉬며 새끼 돼지를 어미 젖 가까이에 놓아준다. 어머니가 준다던 홍시가 떠올랐다. 바로 이 거꾸로 나온 새끼 돼지, 그냥 두었으면 죽었을지도 모르는 작은 생명에 대한 보상이다. 세상 모든 일이 저절로 풀리는 것은 아니라는 것을, 때로는 누군가의 손길과 노력이 엇나간 일을 바로잡을 수도 있다는 것을, 민기는 돼지 새끼를 받으며 어렴풋이 배우고 있었다. 오늘, 열두 마리의 새끼 돼지가 세상에 나왔다. 그중 세 마리가 민기의 손길 덕분에 첫 숨을 쉴 수 있었다.

어미 곁에서 꼬물거리며 젖을 빠는 세 마리의 작은 생명들을 보며, 민기는 자연스레 가을날의 탐스러운 홍시 세 알을 떠올렸다. 상강이 지나고 서리가 하얗게 내려앉을 때면 달콤하고 말캉한 홍시 세 알이 온전히 민기의 차지가 될 터였다. 먹을 것이 늘 귀하다. 홍시 하나는 아이들에게 무엇과도 바꿀 수 없는 군음식이었다. 어머니는 까치를 위해 일부러 잘 익은 홍시 몇 개를 따지 않고 남겨 두곤 했다.

"우리 깐촌은 까치 덕에 생긴 마을이니께, 까치들도 배곯으면 안 되지."

어머니는 늘 그렇게 말했다. 까치 전설이 내려오는 이 마을 사람들에게 그것은 오랜 관습이자, 자연에 대한 작은 존경의 표시였다. 민기는 다시 마당가 감나무를 바라보았다. 갓 피어난 하얀 감꽃들은 거꾸로 나오는 새끼 돼지를 닮았다. 감꽃에게는 그것이 순리이다. 그렇게 종 모양으로 피어야만 벌과 나비의 도움을 받아 열매를 맺을 수 있는 것이다. 생명마다 주어진 이치가 이토록 다른 모양이다. 민기는 떨어진 감꽃 하나를 주워 입에 넣는다. 여린 꽃잎이 혀끝에서 부드럽게 으스러진다. 떫은 듯하면서도 은은하게 배어나는 단맛. 봄을 보내고 초여름을 맞는 이맘때 아이들의 소박한 주전부리이다. 마을 처녀들이나 아낙들은 떨어진 감꽃들을 소중히 주워다 실에 꿰어 목에 걸거나 방 안에 걸어 두기도 했다. 하얗고 작은 꽃들이 매달린 모습은 참으로 어여뻤지만, 금세 시들어 버리는 덧없는 아름다움이었다. 그 모습이 꼭 짧고 아련한 꿈결 같다고, 민기는 생각했다. 이 평화로운 봄날이, 달콤한 홍시를 기다리는 이 시간이, 어쩌면 잠시일지도 모른다는 막연한 예감과 함께.

어느 군관의 꿈

1592년, 음력으로 4월의 밀양 관아는 짙어지는 밤의 장막 아래 깊은 침묵에 잠겨 있다. 남쪽 바다로부터 불어오는 밤바람은 더 이상 늦봄의 정취나 탐스러운 감꽃의 달콤한 향기를 실어 오지 않았다. 대신, 코를 찌르는 화약 냄새와 비릿한 피 냄새가 뒤섞인 불길한 기운, 이름 모를 공포의 예감이 성벽의 돌 틈새와 관아의 기왓골 사이로 음습하게 스며드는 듯했다.

얼마 전, 숨 가쁘게 말을 달려온 파발꾼이 전한 비보는 관아 전체를 거대한 불안의 도가니로 몰아넣기에 충분했다. 남쪽 바다에서 왜구의 출몰이 잦아졌다는 소식이었다. 규모도 이전과는 다르다고 했다. 만약 북상한다면 끔찍한 일이 아닐 수 없다. 젊은 군관 아몽의 어깨를 짓누르는 책임감은 마치 수백 근의 바위를 짊어진 듯 숨 막히게 무거웠다.

밀양은 남쪽에서 낙동강 물길을 따라 북상하는 왜군의 주력 부대가 반드시 거쳐 가야 할 전략적 요충지이다. 영남대로가 관통하는 교통의 중심지가 바로 밀양 읍성이었다. 만약 이곳마저 왜구의 손에 넘어간다면, 내륙 깊숙한 곳까지 적의 말발굽이 거침없이 닿게 될 것이며, 상주를 거쳐 조령으로, 나아가 수도 한양으로 향하는 길목의 방어선이 무너지는 것은 시간문제였다. 그래서 이 읍성은 경상 좌도의 방어 체계가 무너지지 않기 위해 최대한 군사력을 모아 결사 항전해야 할 최후의 보루 중 하나였다.

군관인 아몽의 나이 이제 겨우 서른. 관직에 나섰지만, 병법이나 실전 지휘 경험은 너무나 부족했다. 그런 그가 부사를 따라 난세에 국방의 요충지에 온 것은 어쩌면 개인적인 영광이자 동시에 감당하기 벅찬 시험이었다. 비록 말단이지만 초기부터 그는 혹시 모를 국난에 대비해야 한다는 의무감 속에서 나름대로 성실히 임무를 수행해 왔다. 밤낮으로 무경

칠서 같은 병서를 탐독하며 전술을 익히려 애썼고, 틈나는 대로 부사의 뜻에 따라 관아의 군사들을 독려하며 활쏘기와 창술 훈련을 감독했다. 관내의 무기를 점검하고 부족한 군량미를 확보하려 동분서주했다.

　최근 며칠 동안 그를 괴롭히는 것은 눈앞에 닥친 현실적인 위협과 군비 부족만이 아니었다. 밤마다 그의 잠자리를 찾아오는 기이하고도 생생한 꿈이 그의 정신을 갉아먹고 있었다. 처음에는 연이어 들려온 흉흉한 소식과 극도의 긴장감이 만들어 낸 헛된 악몽, 이른바 풍랑몽이려니 애써 무시하려 했다. 그러나 꿈은 멈추지 않고 밤마다 집요하게 반복되었고, 그 내용은 회를 거듭할수록 더욱 또렷하고 강렬해지며 그의 심신을 옭아매었다. 꿈속에서 그는 자신이 한 번도 가 본 적 없는 낯선 땅에 서 있었다. 사방은 숨 막힐 듯 좁고 가파른 협곡으로 둘러싸여 있었고, 머리 위에서는 작열하는 태양이 마치 불덩이처럼 뜨겁게 내리쬐어, 입고 있는 갑옷 속으로 땀이 비 오듯 흘렀다. 그의 주변에는 처음 보는 기이한 용모의 병사들이 굳건하게 진을 치고 있었다. 그들은 하나같이 구릿빛 피부에 짧고 간편해 보이는 옷을 입고 있었으며, 머리에는 윤기 나는 청동 투구를 쓰고 손에는 둥근 방패와 보통의 창보다 훨씬 길어 보이는 창을 들고 있었다. 특히 진형의 중심에는 선명한 붉은색 망토를 두른 정예병 수백 명이 강철 같은 규율 속에 미동도 없이 버티고 서 있었다.

　그들의 형형한 눈빛은 죽음마저 초월한 듯 결연했고, 협곡 입구를 가득 메운, 수적으로 비교조차 할 수 없을 만큼 압도적인 적군을 조금의 흔들림도 없이 노려보고 있었다. 그들의 기세는 실로 하늘을 찌를 듯했다. 그런데 이상하게도 꿈속의 그는 치열하고 장엄한 항전의 대열 한가운데 있지 못했다. 마치 투명 인간이라도 된 것처럼, 조금 떨어진 언덕 위에서 그 처절한 전투를 그저 지켜볼 수밖에 없었다. '나약한 자', '지켜보는 자'라는 이름 모를 속삭임이 귓전을 맴도는 듯했다. 동료들이 무수히 쓰러져 가는 끔찍한 광경을 눈앞에서 보면서도 아무것도 할 수 없다는 깊은 죄책감과 무력감으로 가득했다. 그리고 '비겁자'라는 보이지 않는 낙인이 찍힌 듯한 극심한 수치심에 시달리며 발만 동동 굴렀다. 마치 영혼이 육체에서 분리되어 자신의 비극을 멀찍이서 관망하는 듯한 기묘한 감각이었다. 꿈속에서는 알아들을 수 없는, 거칠고 투박한 언어로 외치는 소리들이 웅웅거리며 들려왔다. 마치 천둥소리처럼 협곡을 울리는 듯했다.

"두려워 마라. 우리는 선발대일 뿐, 우리를 도울 동맹군들이 곧 도착할 것이다. 저 넓은 바다는 우리의 무적 함대가 굳건히 지키고 있다. 저 오만한 침입자들은 신이 아니라 한낱 인간일 뿐이며, 교만한 자에게는 반드시 재앙이 따르기 마련이니 저들의 뜻대로만 되지는 않을 것이다."

이런 격려와 명령이 들려오는 듯했지만, 그 외침들이 불안감과 절망감을 더욱 증폭시켰다. 곧이어 창과 창이 부딪치는 날카로운 금속성 마찰음, 방패와 방패가 격돌하는 둔탁한 충격음, 죽음을 각오한 전사들의 함성과 적들의 알아들을 수 없는 외침, 부상자들의 고통스러운 신음이 뒤섞여 협곡 전체를 거대한 도살장처럼 만들었다. 피와 먼지가 안개처럼 자욱하게 피어올랐다. 그리고 마침내, 전투가 가장 치열하게 벌어지던 결정적인 순간에, 믿을 수 없는 배신이 일어났다. 꿈속에서 누군가가 뒤쪽을 가리키며 절망적으로 외치는 소리가 들렸다.

"저자가, 저 아군 복장을 한 자가 적에게 뒷길을 알려 주었다. 산 위로 넘어가는 샛길을 알려 주고 말았다."

그 외침과 함께, 꿈속의 거대한 적군 중 정예로 보이는 부대가 험준한 산 능선을 따라 방어하는 아군의 배후로 물밀 듯이 밀려드는 모습이 보였다. 순식간에 방어선은 무너지고, 살아남은 소수의 용사가 작은 언덕 위로 밀려나 문자 그대로 최후의 항전을 벌이는 모습이 너무나도 생생하게 눈앞에 그려졌다. 온몸에 피를 뒤집어쓴 채, 부러진 창과 칼을 들고 맨몸으로 적에게 달려드는 그들의 모습은 처절하다 못해 숭고하기까지 했다. 아몽은 언제나 그 처절한 마지막 장면에서 온몸이 식은땀에 흠뻑 젖은 채, 심장이 터질 듯 격렬하게 뛰어 깨어나곤 했다.

아몽은 깨어난 뒤에도 한동안 꿈속의 함성과 비명, 피 냄새가 현실처럼 느껴져 몸서리를 쳐야 했다. 처음 한두 번은 왜구 침입에 대한 극도의 불안감이 빚어낸 흉몽이라 치부하려 애썼다. 조선 땅 어디에서도 본 적 없는 이국적인 풍경과 기이한 용모의 사람들, 알아들을 수 없는 언어는 그저 혼란스러운 마음이 만들어 낸 환상일 뿐이라고 스스로 다독였다.

하나, 꿈은 멈추지 않았다. 거의 매일 밤, 같은 장면이 반복되거나 조금씩 변주되며 그를 괴롭혔다. 꿈속의 장소는 '뜨거운 기운이 솟아나는 문' 혹은 '좁고 뜨거운 길목'이라는 의미를 가진 듯한 이름으로 불리는 듯했다. 함께 싸우다 장렬히 산화한 이들은 유난히 용맹해 보이는 삼백 명의 용사들이었다. 그리고 그들을 불굴의 의지로 이끌었던, 위엄 있는 풍채의 지도자는 마치 '사자'를 연상시키는 강인한 이름을 가진 듯 느껴졌다. 모든 정보는 명확한 언어가 아닌, 꿈속의 이미지와 직관적인 느낌을 통해 그의 머릿속으로 흘러 들어왔다. 마치 오래전부터 알고 있었던 이야기처럼, 그러나 동시에 너무나 낯설고 기이하게 느껴졌다.

아몽은 깊은 혼란에 빠졌다. 그들의 구릿빛 피부, 곱슬거리는 머리카락, 유난히 우뚝 솟은 코, 그리고 푸른빛이나 옅은 갈색빛을 띤 눈동자, 그들이 입고 있는 간결한 갑옷과 특이한 모양의 투구, 긴 창과 둥근 방패가 그를 그렇게 만들었다. 그가 아는 조선인이나 침략해 온 일본인, 혹은 명나라 사신으로 보았던 중국인의 모습과도 완전히 달랐다. 꿈속의 배경이 된 그 뜨겁고 메마른 듯한 협곡 또한 조선의 푸르고 습한 산천과는 너무나도 이질적인 풍경이었다.

이것이 과연 미래의 일을 보여주는 예지이란 말인가. 아니면, 기억 저편 까마득한 전생의 잔상이 되살아난 것인가. 혹은 그저 과도한 스트레스와 불면이 만들어 낸 망상에 불과한 것인가.

그는 밤마다 되풀이되는 꿈 때문에 낮 동안에도 멍하니 있거나 중요한 군사 업무에 집중력을 잃기 일쑤였다. 관아의 아전들은 나날이 수척해지고 불안해하는 젊은 군관의 모습을 보며 안타까워했지만, 감히 그 이유를 묻지는 못했다. 그러던 어느 날 밤, 늘 반복되던 꿈의 내용이 조금 다르게 전개되었다. 최후의 항전이 벌어지기 직전, 피와 먼지로 뒤덮인 꿈속의 지도자, '사자' 같은 왕이 문득 그를, 꿈속의 방관자인 아몽 자신을 정면으로 돌아보았다.

투구 아래로 드러난 그의 얼굴은 여전히 강철 같은 결의에 차 있었지만, 그 깊고 지친 눈빛 속에는 그간 보지 못했던 형언할 수 없는 고뇌와 슬픔의 그림자가 짙게 드리워져 있었다. 그것은 죽음에 대한 두려움은 아니었다. 영광스러운 죽음 뒤에 남겨질 조국과 백성들에 대한 깊은 회한, 그리고 자신의 선택이 미래에 가져올 파장에 대한 무거운 책임감이 복잡하게 뒤엉킨 듯한, 지극히 인간적인 표정이었다.

그 지도자가 입을 열었다. 꿈속의 언어는 여전히 알아들을 수 없는 이국의 소리였지만, 이상하게도 그 말의 의미는 마치 가슴에 직접 새겨지듯 명확하게 전달되었다. 그의 목소리는 낮고 힘이 있었으나, 미세한 떨림이 섞여 있었다.

"그대의 땅에도 나의 이 '뜨거운 문'과 같은 운명의 장소가 있구나. 그곳은 까치들이 넘나드는 고개라 했던가. 그래, 그 좁고 험한 길목에서 그대는 곧 압도적인 적과 맞서 싸워야 할 것이다. 지형의 이점을 최대한 활용하고, 병사들의 용기를 북돋아라. 그것이 소수로 다수를 상대할 수 있는 거의 유일한 길이다."

그리고 이런 말을 덧붙였다.

"너 자신이 그곳을 선택했다는 사실을 차차 알게 될 것이다."

왕의 목소리는 잠시 멈추었다가, 더욱 무겁게 가라앉은 표정으로 말을 이었다. 그 표정은 마치 역사 속의 영웅이 아닌, 현실의 무게에 고뇌하는 한 인간의 맨얼굴을 보여 주는 듯했다.

"용사여. 명심하라. 나의 길, 나의 선택을 무작정 따르지는 마라. 나 역시 이 장렬한 죽음이라는 선택이 가져올 모든 결과를 온전히 알지는 못한다. 모두가 명예롭게 부서지는 것, 이른바 옥쇄(玉碎)[5]만이 언제나 최선은 아닐 수도 있다. 때로는 살아남아 다음 전투를 기약하고, 훗날을 도모하는 지혜가 더 필요할 때도 있는 법이다. 부디 그대의 지혜로 현명하게 판단하여 살아남아 후일을 도모하라. 잊지 마라. 살아남은 자에게는 죽은 자의 몫까지 짊어져야 할, 살아남은 자만의 더 무겁고 고통스러운 책임이 따르는 법이다."

꿈속 지도자의 고뇌에 찬 충고는 마치 차갑고 날카로운 비수가 되어 아몽의 심장에 깊이 박혔다. 영웅적인 희생으로만 여겨졌던 꿈속 항전의 이면에 감춰진 인간적인 고뇌와 불확실성, 그리고 생존의 가치에 대한 언급은 아몽에게 충격과 혼란을 안겨 주었다. 그 말을 끝으로 꿈은 다시 아비규환의 처절한 전투 장면으로 빠르게 전환되었고, 아몽은 여느 때처럼 심한 현기증과 함께 온몸의 피가 빠져나가는 듯한 탈진을 느끼며 식은땀 속에서 잠에서 깨어났다.

하지만 이번에는 불안감이나 죄책감과는 다른, 훨씬 복잡하고 심오한 감정이 그의 마음을 휘감았다. 꿈속 지도자의 그 고뇌 어린 눈빛과 "살아남아 후일을 도모하라"는 마지막 말이 뇌리에서 떠나지 않고 계속해서 메아리쳤다. 어쩌면 그저 악몽이나 전생의 기억, 혹은 미래에 대한 예지몽을 넘어, 시공간을 초월하여 어떤 간절한 메시지를 전하려는 천인몽, 즉 하늘과 인간이 교감하는 꿈일지도 모른다는 강한 예감이 들었다. 꿈속의 '뜨거운 문'처럼, 이곳에도 적의 대군을 맞아 소수의 병력으로 항전해야 할 운명적인 장소가 있다는 강렬한 암시.

그의 머릿속에는 즉시 한 곳이 떠올랐다. 바로 작원관이었다. 동래에서

출발하여 한양으로 향하는 영남대로의 가장 좁고 험준한 길목이자, 낙동강 물줄기를 한눈에 감시할 수 있는 요충지. 먼 옛날 신라왕을 까치들이 맞이했다는 전설이 내려오거나, 혹은 신라의 명장과 금 까치로 변한 백제 공주의 설화가 깃든 바로 그곳. 깎아지른 듯한 절벽과 거센 강물로 둘러싸여 있어, 방어하는 쪽에서는 적은 수로도 큰 효과를 볼 수 있는 천혜의 요새였다.

꿈속의 지도자가 그곳을 암시한 건 우연일 리 없었다. 꿈의 내용이 아주 생생하고 구체적이며, 밤마다 끈질기게 반복되자 아몽은 더 이상 혼자 끙끙 앓고 있을 수만은 없다고 판단했다. 또한 꿈속 인물들의 기이한 용모에 대한 의문도 떨쳐 버릴 수 없었다.

그는 깊은 번민 끝에, 만어산 깊은 곳에 자리한 고찰, 만어사에 기거하며 높은 학식과 덕망으로 인근 백성의 존경을 받는 노승 혜각 대사를 찾아가 조언을 구하기로 결심했다. 며칠 후, 아몽은 홀로 간소한 차림을 하고 만어사로 향했다. 구불구불한 산길을 오르는 동안 그의 마음은 무겁고 복잡했다. 한가로이 악몽 따위로 노승을 번거롭게 하는 것은 아닌지, 혹 터무니없는 이야기로 치부되거나 정신이 어지럽다는 비웃음을 사지는 않을지 걱정이 앞섰다. 수많은 물고기가 변하여 돌이 되었다는 신비로운 전설을 간직한 만어사 경내에 들어서자, 속세의 불안과 소음이 잠시 잊히는 듯했다. 고요함과 평온함이 그를 감쌌다. 아몽은 예를 갖추고 혜각 대사에게 나아가, 그간 밤마다 꾸었던 꿈 이야기를 소상히 털어놓았다. 낯선 협곡, 기이한 용모의 용사들, 압도적인 적군, 배신자의 등장, 그리고 꿈속 지도자의 고뇌 어린 충고와 '뜨거운 문', '옥쇄', '후일 도모' 등의 내용들까지. 꿈속 인물들의 외모가 자신이 아는 그 어떤 민족과도 닮지 않았다는 점을 특히 강조했다.

혜각 대사는 아몽의 두서없는 이야기를 처음부터 끝까지 온화하고 인자한 미소를 띤 채, 깊은 연민의 눈빛으로 묵묵히 들어주었다. 그의 깊고 맑은 눈은 마치 아몽의 불안과 고뇌, 그리고 마음속 깊은 곳까지 꿰뚫어 보는 듯했다. 이야기가 끝나고 한참 동안, 노승은 눈을 감고 깊은 침묵에 잠겼다. 마치 시간과 공간을 넘어 꿈의 근원을 더듬고, 그 안에 담긴 심오한 의미를 헤아리려는 듯했다. 젊은 군관의 고뇌가 노승의 침묵 속에서 함께 무겁게 내려앉는 듯했다. 이윽고 혜각 대사가 조용히, 그러나 깊은 울림이 있는 목소리로 입을 열었다.

"군관 양반, 인간의 꿈이란 실로 오묘하고 불가사의하여, 때로는 마음속 깊은 곳에 숨겨진 번뇌와 욕망, 두려움을 비추는 거울이 되기도 하고, 또 어떤 때는 영험하게 앞날의 길흉화복을 알려 주거나 하늘의 뜻을 어렴풋이 비추는 신비한 창이 되기도 하오. 군관께서 겪으신 꿈은 필시 보통의 꿈은 아닌 듯하오."

노승의 목소리는 낮고 차분했다. 듣는 이의 마음을 가라앉히는 힘이 실려 있었다.

"꿈에 등장하는 그 숨 막히는 좁은 협곡은, 아마도 현재 처한 사면초가와 같이 위태롭고 절박한 상황, 그리고 앞으로 싸워야 할 작원관의 지형을 상징하는 것일 테지요."

대사는 잠시 곰곰이 생각하다가 다시 말을 이었다.

"하늘을 뒤덮을 듯한 압도적인 수의 적군은 곧 밀려올지 모를 왜구의 기세와 그로 인한 공포를 나타내는 것이오."

대사의 말에 아몽은 커다란 절벽 앞에 선 기분이었다.

"그에 맞서는, 비록 수는 적지만 용맹하고 기이한 용모의 병사들은, 군관이 의지하고 함께 싸워야 할 충성스러운 군사와 백성의 잠재된 힘, 그리고 어쩌면 우리가 알지 못하는 머나먼 이역 땅에서도 비슷한 고난과 항전의 역사가 있었음을 암시하는 것일 수도 있겠지요."

대사는 꿈속의 여러 상징을 아몽이 처한 현실과 자연스럽게 연결하여 명쾌하게 풀어 주었다. 하지만 아몽의 마음속 깊은 곳에 자리한 근본적인 의문, 특히 꿈속 인물들의 기이하고 이질적인 용모에 대한 궁금증은 완전히 가시지 않았다. 그들은 분명 조선인도, 왜인도 아니었다. 명나라 사람과도 전혀 다른 모습이었다.

그때 문득, 아몽의 뇌리를 스치고 지나가는 오래된 기억의 파편이 있었다. 지금으로부터 십여 년 전쯤 되었을까. 그가 한양의 관청에서 무관을 막 시작하던 시절, 함께 근무하던 호기심 많은 동료 하나가 아주 흥미로운 이야기를 해 준 적이 있었다. 남쪽 바다 끝 제주도에 어느 날 생전 처음 보는 이상한 모양의 배, 즉 이양선 한 척이 표류해 왔는데, 배는 부서졌지만 몇몇 사람이 구사일생으로 살아남았다는 것이다.[6] 그런데 그 살아남은 이들의 모습이 실로 기괴망측하여 섬사람들이 모두 놀랐다는 이야기였다. 동료는 마침 다른 용무로 제주에 갔다가, 관아로 압송되어 가는 그 이방인들을 먼발치에서 잠시 보았다고 했다. 그는 그때의 충격을 잊지 못하는 듯, 눈을 휘둥그렇게 뜨고 혀를 내두르며 그들이 외모를 묘사했다.

"코는 산처럼 우뚝 솟았고, 눈알은 푸른 구슬 같거나 혹은 뿌연 유리알 같았으며, 온몸 구석구석에 짐승처럼 뻣뻣한 털이 무성하게 나 있고, 다리는 학처럼 길고 가늘었으며, 도무지 알아들을 수 없는 이상한 소리를 씨부렁거리더라"고 했다.

아몽은 그때 그 이야기를 들으며, 세상에는 참으로 별난 사람도 다 있구나 하고 신기하게 생각하며 흘려들었다. 풍문에 의하면 그 이방인들은 결국 통역관도 찾지 못하고 골칫거리 취급을 받다가 명나라로 보내졌다고 들었다. 곰곰이 생각해 보니, 밤마다 꿈속에서 보았던 그 용맹한 병사들과 위엄 있는 지도자의 모습이, 오래전 동료가 묘사했던 그 이방인의 모습과 닮아 있는 듯했다. 물론 꿈속의 형상은 훨씬 더 위엄 있고 강인했지만, 높은 코, 밝은색의 눈동자, 곱슬거리는 머리, 그리고 전체적으로 이국적인 분위기가 묘하게 겹쳐 보였다.

혹시, 아주 오래전에 그저 신기한 이야기로 흘려들었던 그 기억이 의식 깊은 곳에 씨앗처럼 남아 있다가, 이 어지러운 상황 앞에서 극도의 불안감과 뒤섞여 꿈으로 발현된 것은 아닐까. 아몽은 자기 경험과 생각을 조심스럽게 대사에게 털어놓았다. 혜각 대사는 그의 말을 잠자코 듣고 나서 천천히 고개를 끄덕였다. 그의 눈빛에는 놀라움과 함께 깊은 이해가 담겨 있는 듯했다.

"나무아미타불. 인간의 마음, 그 심식의 작용이란 실로 불가사의하여, 과거에 보고 듣고 스쳐 지나갔던 아주 작은 기억의 조각들이나 하찮게 여겼던 이야기들이 세월이 흘러 예기치 못한 순간에 서로 얽히고설켜 중요한 의미를 지닌 그림을 만들어 내기도 하는 법이지요. 어쩌면 군관이 오래전에 들으셨던 그 이양선 이야기가, 지금의 상황 속에서 그대의 무의식과 공명하여 그러한 형상으로 나타났을 수도 있겠지요."

아몽은 고개를 끄덕였다.

"하나 군관 양반, 지금 정녕 중요한 것은 그 꿈의 출처가 머나먼 서역인지, 아득한 전생인지, 아니면 마음 깊은 곳에 잠재된 기억의 편린인지 따지고 증명하는 것이 아닐 것입니다."

노승은 잠시 숨을 고르고는, 더 힘주어 말했다.

"가장 중요한 것은 바로 그 꿈이, 지금 이 순간에 군관에게 무엇을 말하려 하는가, 그 안에 담긴 준엄한 경고와 지혜의 메시지를 올바로 헤아리고 실천하는 것입니다. 꿈속 배신자의 등장은, 앞으로 예상치 못한 변고가 발생하거나 혹은 믿었던 내부에서 균열이 생길 수도 있음을 경계하라는 하늘의 계시일 수 있지요."

대사는 차로 목을 축인 후 말을 이었다.

"그리고 그 이국의 왕이 보여 준 용감한 모습과 그 이면의 고뇌는, 어쩌면 군관이 부사 나리와 함께 나라를 위해 희생을 각오해야 할지도 모른다는 의미로 해석할 수 있겠습니다. 동시에, 죽음으로써라도 의를 지키고자 하는 군관의 깊은 충심이 꿈을 통해 발현되었다고나 할까요."

아몽은 그 말에 어떤 의지를 다졌다.

"특히, 그 지도자가 전했다는 마지막 말인 옥쇄만이 능사가 아니며, 살아남아 후일을 도모하는 지혜 또한 필요하다는 그 충고야말로, 이 꿈이 군관에게 전하고자 하는 핵심적인 메시지일 것입니다. 그것은 단순한 생존 본능을 넘어선, 더 큰 책임과 미래를 위한 전략적인 선택의 중요성을 일깨워 주는 깊은 울림이라 할 수 있겠지요."

만어사를 내려오는 아몽의 발걸음은 여전히 무거웠지만, 그의 마음은 짙은 안갯속을 헤매다가 어렴풋이 나아갈 방향을 찾은 듯 한결 정리가 된 듯했다. 꿈의 출처나 정체는 여전히 수수께끼로 남았지만, 그것은 이제 부차적인 문제였다. 혜각 대사의 말처럼, 중요한 것은 꿈이 전하려는 메시지였다. 그건 분명했다. 그는 다가올 거대한 운명 앞에서 도망치지 않고 싸워야 했다. 싸움의 장소는 꿈이 명확히 알려준 대로 작원관이 될 것이었다.

그는 그곳의 험준한 지형을 최대한 이용하여 밀려올지 모를 왜구에 맞서 결사 항전할 것이다. 꿈속의 그 이름 모를 영웅적인 지도자가 마지막 순간에 보여 주었던 깊은 고뇌의 표정과, '옥쇄만이 능사가 아니니, 슬기롭게 판단하여 후일을 도모하라'는 그 알 수 없는 울림 또한 잊지 않기로 다짐했다. 영웅적인 죽음과 지혜로운 생존 사이의 어려운 선택지, 어느 것이 진정으로 나라와 백성을 위한 길인가. 아몽은 그 무거운 화두를 가슴 깊이 새긴 채, 이전과는 다른, 더 복잡하고 심오한 결의에 찬 눈빛으로 작원관이 있는 남쪽 하늘을 응시했다.

해자에 묻힌 함성

동래읍성 북문 근처 어느 초가집. 두식은 한밤중에 잠에서 깨어났다. 창밖으로 보름달이 구름에 가리는 것이 불길하게 느껴졌다. 그는 쉰다섯 살의 나이에도 여전히 날카로운 감각을 지니고 있었다. 예전에 왜구들과 싸웠던 경험 때문인지, 그는 뭔가 심상치 않은 기운을 느꼈다.

"아버지, 무슨 일입니까."

아들 상이 물었다.

"아무것도 아니다. 다시 자거라."

두식은 말했지만, 그의 마음은 이미 불안함으로 가득 차 있다. 이튿날 아침, 동래 장터는 평소와 달리 소란스럽다. 사람들이 모여 수군거리고 있었다.

"왜선 수백 척이 부산 앞바다에 몰려왔대."

"아니, 그게 정말이야."

"우리 동네 사람이 직접 보고 왔다니까. 그것도 일이백 척이 아니라 칠백 척이나 된다지."

두식은 귀를 쫑긋 세우고 이야기를 들었다. 그의 얼굴이 굳어졌다. 같은 시각, 동래부사 송상현은 관아에서 급보를 받고 있었다. 그의 표정은 엄중했다.

"어서 병사와 수사에게 전갈을 보내라. 부산진이 위험하다."

송상현은 창밖을 바라보았다. 동래읍성은 평화로워 보였지만, 그는 곧 다가올 폭풍을 예감하고 있었다. 이윽고 흉흉한 소식이 동래를 휩쓸었다. 왜군의 배들이 부산 앞바다에 도착했다는 것이다. 고니시 유키나가가 이끄는 2만 명에 가까운 군사들이 군선에 나누어 타고 바다를 덮고 있다고 했다. 동래부사 송상현은 이마에 맺힌 땀을 닦았다.

"부산진의 정발 첨사는 어찌 되었느냐?"

"아직 소식이 없습니다."

군졸이 대답했다. 송상현은 북장대에 올라 멀리 보이는 부산진 쪽을 바라보았다.

두식의 조카 수철은 부산진에서 목숨을 걸고 도망쳐 나왔다. 그는 쉬지 않고 달려 동래성에 도착했다.

"부산진이 함락됐습니다. 정발 첨사는 장렬하게 전사를."

그의 말에 동래 사람들은 충격에 빠졌다. 부산진은 동래에서 불과 20리 거리에 있었다. 적이 곧 동래로 향할 것이 분명했다. 송 부사는 즉시 성을 지킬 준비를 지시했다. 이제 외부의 지원도 기대하기 어려웠다. 두식은 집으로 달려가 아들 상을 찾았다.

"상아, 네 어머니와 동생들을 데리고 서둘러 북쪽으로 피하거라."

"아버진요."

"나는 읍성을 지켜야 한다. 예전에 왜구와 싸웠던 경험이 있으니 마을 사람들을 도와야 해."

"그럼 저도 함께하겠습니다."

두식은 아들의 굳은 결심을 보고 한숨을 내쉬었다.

"그래, 그럼 어머니와 동생들을 먼저 피신시키고 오너라."

읍성 안은 이미 큰 혼란에 빠져 있었다. 어떤 이들은 도망치고, 어떤 이들은 무기를 들고 성을 지키려 모였다. 그날 오후, 왜군의 선발대가 동래성 앞에 도착했다. 그들은 '싸우려면 싸우고 싸우지 않으려면 즉시 길을 비켜라'라는 글이 쓰인 목패를 성 앞에 두고 갔다. 송 부사는 이를 보고 "싸워 죽기는 쉽지만, 길을 빌려주기는 어렵다"라는 말을 적어 내던졌다.

성 밖을 왜군이 완전히 포위했다. 두식은 아들 상과 함께 성벽 위에서 그들의 모습을 지켜보았다.

"아버지, 저들이 들고 있는 무기는 무엇입니까."

"조총이다. 새로운 무기라고 하더구나. 총알이 새도 맞출 정도라고 하여 '조총'이라 부른다더구나."

상은 걱정스러운 눈빛으로 성 밖을 바라보았다.

"우리가 이길 수 있을까요."

두식은 상의 어깨를 꽉 잡았다.

"이기고 지는 건 하늘이 정하는 것이다. 우리는 다만 최선을 다할 뿐이다."

동래성은 적에게 포위된 채 무거운 침묵 속에 잠겨 있었다. 성안에는 피란민을 포함해 삼천여 명의 사람이 있었다. 모두 앞으로 있을 전투를 예감하며 불안에 떨었다. 송 부사는 남문루에서 작전을 짰다. 그의 집사와 비장이 옆에서 그를 지켰다.

"부사님, 좌병사와 좌수사가 성을 떠났다고 합니다."

이 보고에 송 부사는 쓰게 웃었다.

"알고 있다. 우리는 홀로 싸울 수밖에 없다."

"부사님도 잠시 피하시는 것이 어떻겠습니까. 명분은 이미 세우셨으니."

송상현은 고개를 저었다.

"성주가 자기 성을 지키지 않고 어디를 간단 말이냐. 나를 따르고자 하는 자는 따르고, 떠나고자 하는 자는 떠나도 좋다."

"나리, 제가 떠나겠습니다."

갑자기 겸인이 말했다. 모두가 놀란 눈으로 그를 바라보았다. 매우 충성스러운 그가 의외의 말을 했기 때문이다.

"아니, 그게 아닙니다. 제가 양산으로 달려가 군수에게 지원을 요청하겠다는 뜻입니다."

송상현은 고개를 끄덕였다.

"가거라. 그러나 너무 기대하지는 말라."

겸인이 떠난 후, 송상현은 서실로 돌아가 부친에게 편지를 썼다.

"외로운 성에는 달무리가 지고 다른 군진에는 기척도 없군요. 군신의 의리는 중하고 부자의 정은 가볍습니다."

두식과 상은 동네 여인 두 명과 함께 기와를 모았다. 동네 여인들은 이금이와 정씨였다.

"이걸로 뭘 하실 겁니까?"

이금이가 물었다.

"왜놈들과 싸울 무기로 쓸 것이다."

두식이 대답했다.

"기와로요?"

정씨가 놀라 물었다.

"높은 곳에서 기와를 던지면 적에게 상처를 입힐 수 있소."

상은 묵묵히 기와를 모았다. 그의 마음속에는 전투에 대한 두려움과 각오가 뒤섞여 있었다. 성안 곳곳에서는 비슷한 광경이 펼쳐졌다. 노인들은 칼을 갈고, 여인들은 돌을 모으고, 아이들은 집 안에 숨었다. 동래향교의 유생들도 무기를 준비했다.

"우리의 마지막 날이 될지도 모르오."

"그렇다면 명예롭게 죽도록 합시다."

이처럼 유생들의 각오는 단단했다.

동래성을 둘러싼 왜군이 움직이기 시작했다. 그들은 동, 서, 남 세 방향에서 공격을 준비하고 있었다.

"준비하라."

송상현 부사가 외쳤다. 그는 갑옷 위에 조복을 입고 남문루에서 전투를 지휘했다. 왜군의 총공세가 시작되었다. 조총 소리가 동래성을 뒤흔들었다. 조선군은 통나무 방패와 화살로 응전했지만, 조총의 화력에는 역부족이다. 두식과 상, 그리고 이금이와 정씨는 성벽 위에서 기와를 던졌다. 그들 아래로 왜군들이 성벽을 올랐다.

"던져라. 힘껏 던져."

두식이 외쳤다. 기와가 날아가 왜군의 머리를 강타했다. 몇몇은 비명을 지르며 쓰러졌다.

"아버지, 저쪽을 보세요."

상이 동북쪽을 가리켰다. 동북쪽 산의 경사진 곳에서 왜군들이 성벽을 무너뜨리고 있다.
그들은 곧 성안으로 쏟아져 들어올 것이 분명했다.

"가자. 저곳을 막아야 한다."

두식이 외쳤다. 그들이 동북쪽으로 달려가는 동안, 성 곳곳에서는 격전이 벌어졌다. 관군은 화살과 창으로, 백성들은 기와와 돌로, 심지어 맨손으로 왜군과 싸웠다. 동북쪽 성벽이 무너지고, 왜군들이 물밀 듯이 성안으로 들어오기 시작했다. 왜의 선봉에는 고니시가 있었다. 두식과 일행이 동북쪽 성벽 근처에 도착했을 때, 이미 수십 명의 왜군이 성안으로 들어와 있었다.
그들은 필사적으로 싸웠지만, 갑옷과 무기가 없는 상태에서 조총으로 무장한 적에게 맞서기는 어려웠다.

"아버지, 조심하세요."

상이 외쳤다. 그 순간, 왜군 하나가 두식을 향해 조총을 겨누었다. 총소리와 함께 두식은 가슴을 움켜쥐며 쓰러졌다.

"아버지."

상이 달려가 그를 안았다.

"네 어머니와 동생들을 부탁한다."

두식은 마지막 말을 남기고 눈을 감았다. 분노에 찬 상은 기와를 들고 적에게 달려들었다. 이금이와 정씨도 그를 따랐다. 중과부적. 그들은 결국 다른 왜군에게 포위되어 모두 쓰러지고 말았다. 남문루에서는 송상현 부사가 마지막 항전을 벌였다. 그의 주변에는 향리와 관노비들이 있었다. 왜군들이 남문루로 밀려들었을 때, 송상현은 이미 패배를 예감했다. 그러나 그는 끝까지 의연한 자세를 유지했다.

"죽을지언정 항복은 없다."

송상현이 외쳤다. 왜군 중에는 평조익이라는 자가 있었다. 그는 예전에 통신사로 조선을 방문했을 때 송상현의 접대를 받은 적이 있었다.

"빨리 피하시오, 부사님."

평조익이 외쳤다. 그러나 송상현은 꿈쩍도 하지 않았다. 그는 북쪽을 향해 네 번 절한 뒤, 의연하게 자신의 운명을 맞이했다. 왜군의 칼에 송상현의 목숨이 떨어졌다. 그와 함께 향리와 관노비들도 순절했다. 성안은 순식간에 아비규환이 되었다. 왜군들은 무차별적으로 성안의 사람들을 살해했다. 노인, 여자, 심지어 어린아이들까지도 그들의 칼날을 피할 수 없었다.[7] 송상현의 첩 금섬은 도망치다가 왜군에게 붙잡혔다. 그녀는 굴복하지 않고 왜군을 꾸짖었다.

"너희는 야만인들이다. 조선 여인은 너희에게 굴복하지 않는다."

그녀는 적을 꾸짖고 욕하다가 결국 죽음을 당했다. 왜군들도 그녀의 의로움에 감동하여 송상현의 곁에 장사를 지냈다. 일곱 살 난 어린 명수는 이 모든 것을 지켜보았다. 그는 어머니와 함께 처음에는 집 안에 숨어 있었다. 어머니는 그를 벽장 속에 숨겨 놓고, 자신은 왜군들의 주의를 다른 곳으로 돌리기 위해 밖으로 나갔다. 명수는 벽장 틈새로 어머니가 왜군들에게 붙잡히는 모습을 보았다. 그는 두려움에 떨면서도 어머니의 말대로 숨어 있었다. 시간이 흐른 뒤, 명수는 더 참을 수 없어 벽장에서 나와 어머니를 찾아 나섰다. 집 밖은 아수라장이었다. 시체들이 여기저기 널브러져 있었고, 왜군들은 여전히 약탈을 계속했다. 그는 어머니를 찾아 거리를 헤매다가 결국 한 왜군에게 들켰다. 왜군은 조총을 들고 망설임 없이 방아쇠를 당겼다. 총알이 명수의 작은 몸을 관통했다. 그의 마지막 생각은 어머니였다.

20대 연은 다른 운명을 맞았다. 그녀는 동래성 근처에 살던 약재상의 딸이었다. 전투가 시작되자 그녀는 부모님과 함께 성 밖으로 도망치려

했지만, 왜군들에게 포위되었다. 왜군들은 그녀의 부모를 즉시 살해했고, 연을 포로로 잡았다. 왜군은 왜장 앞에 그녀를 꿇어앉혔다.

"우리를 위해 일하겠느냐?"

통역이 물었다. 연은 고개를 들고 단호하게 대답했다.

"차라리 죽음을 택하겠소."

왜장은 그 말에 화를 냈다. 그는 칼을 빼 들어 연를 내리쳤다. 그녀의 이마뼈가 예리하게 잘렸다. 그것으로는 부족했는지, 다시 정수리를 내리쳤다. 연은 끝까지 버텼다. 결국 그녀는 세 번째 타격에 쓰러져 죽었다.

동래읍성 전투가 끝날 무렵, 태규[8]는 몇 군데 깊은 상처를 입고 정신이 혼미해져 갔다. 그는 마지막 남은 힘을 짜내 해자 축대의 돌 틈으로 다가갔다. 품속에서 아내의 편지와 자신의 답신이 담긴 가죽 주머니를 꺼내 조심스럽게 밀어 넣고, 다시 진흙으로 덮고 돌로 눌렀다. 아내에게 편지가 전달되길 바라는 실낱같은 희망을 품은 채였다. 그의 눈앞으로 아내의 다정한 얼굴과 옹알이하는 아들 학이의 모습이 스쳐 지나갔다.

"부디. 무사하시오."

낮은 속삭임과 함께 그의 몸은 해자 아래로 힘없이 스러져 갔다.

그날 동래성에서는 이런 비슷한 장면들이 수없이 반복되었다. 이름 없는 수많은 조선인이 왜군의 칼날 아래 목숨을 잃었다. 어떤 이들은 싸우다 죽었고, 어떤 이들은 도망치다 죽었으며, 어떤 이들은 항복하고도 죽었다. 동래성 전투가 끝난 후, 왜군들은 시신들을 해자에 던졌다. 시간이 지나면서 이 시신들마저 흙에 묻혀 역사의 뒤안길로 사라졌다. 그렇게 동래성은 불과 몇 시간 만에 함락되었다.

동래성을 함락한 고니시는 잠시도 쉬지 않고 북쪽으로의 진격을 명령했다. 그들의 전진은 빠르고 무자비했다. 길가의 마을들은 모두 불타고, 저항하는 자들은 모두 살해되었다. 남녀노소를 가리지 않는 살육이 계속되었다. 동래성은 시뻘건 화염과 통곡으로 뒤덮였다. 고니시는 잠시 숨을 고르기로 했다. 황산도를 따라 북진하다 동래성에서 멀지 않은 소산역 일대에 이르러 진을 쳤다. 병사들은 지쳐 있었다. 일부는 무기를 풀어놓은 채 깊은 잠에 빠져들었다. 그곳엔 꺼지지 않은 불씨가 있었다. 동래성의 처참한 함락 소식은 인근 마을로 삽시간에 퍼져 나갔고, 백성들의 가슴에는 깊은 슬픔과 함께 뜨거운 분노가 치밀어 올랐다. 상현마을 출신의 김정서는 비통함을 넘어선 결연한 눈빛으로 주먹을 불끈 쥐었다. 그의 나이 서른둘, 혈기 왕성한 그는 더 이상 관군의 무능함에만 기댈 수 없음을 직감했다.

"이대로 놈들의 말발굽에 우리 강토가 짓밟히는 것을 보고만 있을 순 없소."

김정서의 외침에 해운대, 기장 등지에서 소식을 듣고 사람들이 모여들었다. 울분에 찬 백성들이었다. 그들은 농기구를 든 농민이었고, 작살을 손에 쥔 어부였으며, 붓 대신 칼을 잡은 선비였다. 그들의 손에는 변변한 무기조차 없었지만, 눈빛만은 형형하게 타올랐다. 수십 명으로 시작된 의병들은 이내 수백으로 불어났다. 김정서는 자연스레 이들의 지휘자로 추대되었다. 어둠이 짙게 깔린 밤, 김정서는 의병들을 이끌고 소산역이 한눈에 내려다보이는 소산고개 마루턱으로 향했다. 의병들은 숨소리조차 죽인 채 가파른 산길을 올랐다. 고갯마루에 다다른 김정서는 아래쪽 왜군 진영을 살폈다.

"지금이다! 하늘이 우리에게 기회를 주셨다."

김정서의 낮은 목소리에 의병들의 눈빛이 빛났다. 그의 지시에 따라 의병들은 미리 준비해 온 바윗돌들을 가파른 경사면에 아슬아슬하게 괴어놓았다. 몇몇 담력 좋은 이들은 무기를 들고 길목에 매복했다.

"하나, 둘, 셋."

김정서의 신호와 함께 나무쐐기들이 뽑히자, 바윗돌들이 지축을 흔드는 굉음과 내며 왜군 진영을 향해 굴러 내려가기 시작했다. 갑자기 들려온 천둥 같은 소리와 함께 육중한 바윗덩어리들이 덮쳐들자, 쪽잠에 빠져 있던 왜병들은 혼비백산했다.

"저, 적이다! 적의 기습이다."

"바, 바위가 떨어진다! 피해라."

아비규환이었다. 바윗돌은 왜군들의 막사를 그대로 뭉개 버렸고, 미처 피하지 못한 병사들은 비명 한번 제대로 지르지 못하고 참혹하게 깔려 죽었다. 불과 몇 분 전까지 승리에 도취해 있던 왜군 진영은 순식간에 생지옥으로 변했다.

"쳐라. 왜놈들에게 조선의 매운맛을 보여 주자."

김정서의 우렁찬 함성과 함께 매복해 있던 의병들이 일제히 왜군 진영으로 쇄도했다. 쟁기와 낫을 든 농민도, 작살을 든 뱃사공도 분노를 터뜨리며 달려들었다. 어둠 속에서 갑작스러운 기습과 바윗돌 공격에 혼란에 빠진 왜병들은 제대로 된 반격조차 하지 못했다. 조총을 잡을 새도 없었다. 그들은 소수정에 전법으로 흩어진 왜병들을 각개격파해 나갔다.

왜병들은 공포에 질려 뿔뿔이 흩어져 달아나기 바빴다. 소산역 골짜기는 처참하게 죽어 간 왜병들의 시신으로 가득했다. 조선 의병들은 수적 열세에도 불구하고 빛나는 승리를 거둔 것이다.

하지만 이 전투로 왜군 본진의 북진을 막지는 못했다. 양산에서도 조영규 군수[9]가 소수의 병력으로 저항했지만, 역부족이었다. 조영규는 지원병을 모아 동래로 향하던 중이었지만, 이미 동래가 함락됐다는 소식을 듣고 양산으로 돌아와 방어 태세를 갖추고 있었다.

"군수님, 적이 압도적으로 많습니다. 저희는 후퇴해야 합니다."

부하가 말했다. 조영규는 고개를 저었다.

"송 부사가 성을 지키다 순절했는데, 내가 어찌 도망칠 수 있겠느냐?"

그는 결국 양산에서 왜군과 싸우다 전사했다.

"조선군의 저항이 예상보다 강하군."

고니시가 그의 부하에게 말했다.

"그렇습니다. 하지만 이제 그들의 방어선은 무너졌습니다. 우리는 계속해서 북진할 수 있습니다."

고니시는 고개를 끄덕였다.

"진격하자. 작원관으로."

작원관,
뜨거운 문턱의 항전

운명의 시작

봄날의 나른함과 평화로움이 들녘 가득 드리워져 있다. 오일장이 선 읍성 내 장터는 상인들의 구성진 외침과 물건값을 깎으려는 사람들의 흥정 소리, 그리고 갖가지 먹을거리 냄새가 뒤섞여 생동하는 삶의 기운을 뿜어냈다.

그때였다. 멀리서 말발굽 소리가 요란하게 들려오더니, 이내 땀에 젖은 한 필의 말이 동헌 대문 앞에 급하게 멈춰 섰다. 말의 옆구리에서는 연신 김이 솟아났고, 안장에 앉은 전령은 먼지와 땀으로 범벅된 얼굴이었다. 그는 말에서 굴러떨어지듯 내리자마자 채 숨을 고르지도 못하고 피를 토하듯 외쳤다.

"급보요. 왜적이 동래성을 함락시켰고, 그 선발대가 이미 밀양 경계까지 육박했다는 급보이옵니다."

그 순간, 관아 안의 모든 행동과 소리가 멎었다. 시간이라도 멈춘 듯, 모두의 시선이 전령에게 쏠렸다. 보고를 들은 박진 부사의 얼굴은 올 것이 왔다는 표정이었다. 손에 들고 있던 붓을 떨어뜨린 것도 몰랐다. 그러나 그는 책임감 강한 목민관이었다. 잠시 흔들렸던 눈빛은 이내 냉철함을 되찾았다. 지금은 오직 다가오는 재앙에 맞서 싸울 방법을 찾아야만 했다.[10] 박진 부사가 떨리는 목소리를 억누르며 물었다.

"설마 했더니. 단순한 왜구가 아니란 말인가. 왜적이 얼마나 가까이 왔단 말이냐."

전령은 애써 숨을 고르며 말을 이었다. 그의 눈동자는 공포와 절망으로 가득 차 있었다.

"산 쪽에서 이미 왜병의 선발대가 목격되었다 하옵니다. 그 수가 족히 열 명은 넘어 보였고, 계속 불어나고 있다고 하옵니다. 정확한 수는 파악하기 어렵사옵니다. 그리고 부산진과 동래에선."

전령은 차마 다음 말을 잇지 못하고 고개를 떨구었다. 그의 어깨가 미세하게 떨렸다. 박진 부사는 책상을 강하게 내리쳤다.

"보고 들은 대로 상세히 보고를 하란 말이다."

"모두 살육당했다 하옵니다. 부산진은 불과 반나절 만에 함락되었고 동래성 또한 허무하게 무너졌습니다. 왜적들은 성안의 모든 백성을, 남녀노소 가릴 것 없이 보이는 대로 베고 찔렀다고 하옵니다. 저항하는 이는 물론이고, 달아나는 이, 숨은 이까지 찾아내어 가차 없이 죽였답니다. 성안은 피바다가 되었고 시체 더미가 산처럼 쌓였다 하옵니다. 살아남은 자는 극히 일부에 불과합니다."

전령의 끔찍한 보고에 관아 안에 침묵이 내려앉았다. 마치 상갓집처럼 무겁고 차가운 공기가 모두를 짓눌렀다. 아전들의 얼굴은 백지장처럼 하얗게 질렸고, 몇몇은 두 손으로 얼굴을 가리고 억누른 신음을 내뱉었다. 자신들의 눈앞에 벌어질 상황을 상상하는 것만으로도 등골이 오싹해지는 듯했다. 박진 부사는 잠시 눈을 감고 깊은 생각에 잠겼다. 그의 머릿속에는 이미 피로 물든 부산진과 동래의 참상이 생생하게 그려졌다. 그리고 다음 차례는 여기라는 섬뜩한 예감에 심장이 얼어붙는 듯했다. 그러나 여기서 무너질 수는 없었다. 그는 이 고을의 백성들을 지켜야 할 책임이 있는 수령이었다. 그가 다시 눈을 떴을 때, 그의 눈빛은 흔들림 없는 강한 결연함으로 가득 차 있었다. 절망 속에서도 피어난 단호함이었다. 그는 육방 구실아치와 군관, 군교, 호장을 불러 모아 작전회의를 시작했다. 하지만 노도와 같이 밀려오는 왜군 소식에 별다른 대책을 내지 못했다. 이때 아몽은 단호하게 말했다.

"작원관뿐입니다!"

그의 목소리는 침착했지만 쇠처럼 단단했다.

"그곳에서 적을 맞이해야 합니다."

아전 중 몇몇은 의아한 표정을 지었지만, 평소 진중하고 결단력 있는 태도를 보였던 아몽 군관의 말을 감히 의심하지 못했다. 아몽은 박진 부사에게 작원관의 지리적 이점을 강하게 제시했다. 소수의 병력으로 대군을 막을 수 있는 곳은 그곳뿐이라는 점을 상세히 설명했다. 웅천을 해자

삼아 읍성에서 적을 막기는 어렵다는 설명도 덧붙였다. 박진 부사는 그의 말에 고개를 깊게 끄덕였다.

"형방은 지금 당장 고을 곳곳에 격문을 띄워라."

박진 부사가 목소리를 높였다.

"존망의 위기다. 모든 장정은 즉시 전해라."

"예, 부사님."

형방은 떨리는 목소리로 답하며 급히 몸을 움직였다.

"이방. 관아의 무기고 문을 활짝 열어라. 가용한 모든 무기를 모두 동원하라. 칼, 창, 활, 화살, 하다못해 몽둥이라도 좋다. 적을 때려잡을 수 있는 것이면 무엇이든 챙겨라."

"알겠습니다, 부사님."

이방 또한 황급히 뛰어나갔다. 박진 부사는 창밖을 바라보았다. 여전히 평화로워 보이는 고을 풍경이 눈에 들어왔다. 저 평화가 불과 몇 시진 안에, 어쩌면 내일 아침이면 피로 물들 것이라는 사실을 그는 직감했다. 시간은 그들의 편이 아니었다. 적은 이미 코앞까지 다가와 있었다.

"모두 들거라. 우리는 여기서 무너질 수 없다. 우리의 집과 가족, 그리고 이 땅을 지키기 위해 우리는 작원관에서 싸울 것이다. 지금 이 순간부터 모든 힘을 다해 방어선을 구축하고 병력을 모아야 한다. 순식간에 닥쳐올 적과의 전투에서 우리가 물러서면 여기는 물론이고 영남 전체가 왜적의 발아래 놓일 것이다."

아몽은 부사의 명령에 따라 관아에 남아 있던 병사들을 불러 모았다. 그의 직속인 군교 춘삼과 칠복도 그의 앞에 나란히 서서 고개를 숙였다. 춘삼은 서른을 갓 넘긴 나이였지만, 냉철한 눈빛과 다부진 체격에서 이미 백전노장의 기품이 느껴졌다. 그는 과묵했지만 활을 다루는 솜씨가 신기에 가까웠다. 한번은 움직이는 말 위에서 백 보 밖의 과녁을 정확히 꿰뚫어 임금께 상을 받았다는 이야기가 전설처럼 떠돌았다. 그는 무예뿐만 아니라 언문 실력도 상당하여 박진 부사가 특별히 아꼈다. 칠복은 황소 같은 힘을 가진 중간 지휘자였다. 거구에 성격은 소탈했지만, 일단 일에 나서면 누구보다 냉철하고 정확하게 처리했다. 그의 넓은 어깨와 굵은 팔에는 읍성에서 일어나는 온갖 험악한 사건과 도적 떼와의 싸움에서 얻은 상흔들이 가득했다. 그는 늘 가장 위험한 곳에서 맨 앞에 서는 용맹한 사내였다. 아몽은 춘삼에게 명했다.

"군교, 네가 지금 즉시 작원관으로 달려가 지형을 살피고 방어선을 구축해라. 길목을 파악하고, 병력이 매복할 만한 곳, 화살을 퍼붓기 좋은 곳을 찾아내 보고하거라. 내가 곧 병력을 이끌고 뒤따를 것이다."

"예, 군관님."

춘삼은 짧게 답하고 뒤돌아섰다. 이미 그의 눈빛은 작원관을 향하고 있었다.

"그대는 나와 함께 관아에 있는 병력을 정비하고, 모여드는 장정들에게 무기를 지급하고 편제를 갖추는 일을 맡는다. 혼란스럽겠지만 네가 중심을 잡아 주어야 한다."

"분부대로 하겠습니다, 군관님. 제 목숨이 다하는 한 적에게 길을 내주지 않겠습니다."

칠복의 굵직한 목소리에는 흔들림 없는 용기가 담겨 있다. 아몽은 관군을 중심으로 삼고, 전령들을 사방으로 보내 장정들에게 작원관으로 집결하라는 명령을 빠르게 퍼뜨렸다.

들녘의 변화

바로 그 시각, 들판은 봄 햇살 아래 더없이 평화로웠다. 쟁기로 흙을 가르는 소리, 소달구지 바퀴가 굴러가는 소리가 들녘을 채웠다. 겨우내 움츠렸던 땅은 봄기운을 받아 부드럽게 갈렸고, 농부들의 얼굴은 구슬땀과 함께 소박한 기대감으로 가득했다. 비록 춘궁기였지만, 부사의 선정과 이웃 간의 상부상조로 어려움을 이겨 내고 있었다. 민기의 아버지 홍섭은 이웃들과 함께 논을 갈아엎느라 여념이 없다. 서른을 넘은 나이에 건장했고, 갈색으로 그을린 피부와 굵은 팔뚝은 변함없이 강인했다. 그는 농사일에 특히 재주가 있었고, 마을 사람들은 그를 두고 '땅의 마음을 아는 사내'라 칭했다. 매사에 신중하고 정직한 성품 또한 마을의 귀감이 되었다. 아내 순양과의 사이에 농사를 이을 듬직한 아들 민기도 두었으니, 비록 부유하진 않아도 더 바랄 것 없는 소박한 행복을 누리고 있었다.

"아이고, 허리야. 이놈의 농사일은 해도 해도 끝이 없으니 원. 해는 아직 중천인데 벌써부터 녹초가 되는구먼."

옆 논에서 일하던 밤쇠가 쟁기를 멈추고 허리를 두드리며 소리를 높였다. 그의 얼굴에는 불평불만이 가득했다. 밤쇠는 유독 힘든 일 앞에서는 엄살이 심했다.

"밤쇠 이 양반은 땅만 파면 곡소리여."

들판 한가운데서 풀을 베던 막쇠가 껄껄 웃으며 놀려댔다. 막쇠는 몸은 빼빼 말랐지만 눈썰미가 좋고 입담이 걸쭉해 마을 소식과 소문의 근원지였다. 그는 직접 힘쓰는 일보다는 남들 일하는 걸 보며 품평하는 걸 더 좋아했다. 홍섭이 땀 맺힌 이마를 닦으며 웃어넘겼다.

"이 사람아, 이럴 때 힘내서 해 둬야 풍성한 한가위를 맞는 법일세."

"홍섭이 아배 말이 맞네."

마을에서 제일 연장자인 최 영감이 고개를 끄덕였다. 그는 홍섭의 아버지와도 절친한 사이였고, 이제는 큰 농사일은 놓았지만 여전히 들판에 나와 이웃들과 어울리며 농사를 돕거나 덕담을 건넸다.

"민기는 올해도 돼지 새끼 잘 받았는가. 그놈 손이 야무져서 돼지 복이 있는가벼."

홍섭이 아들 생각에 절로 얼굴에 미소가 번졌다.

"예, 영감님. 용케 세 마리나 살렸지 뭡니까. 가을에 홍시를 두둑이 줘야 할 판입니다."

바로 그때, 논두렁에서 요란한 소리가 났다. 시선을 돌리니, 마을의 개구쟁이 형제 갑돌이와 을돌이가 거름을 지게에 싣다가 중심을 잃고 나뒹

굴고 있었다. 갑돌이가 열여덟, 을돌이가 열여섯이었다. 둘 다 힘은 좋았지만 늘 손발이 맞지 않아 크고 작은 사고를 달고 살았다.

"아이고. 형님은 좀 잡으라고 했잖아요."

을돌이가 투덜거렸다.

"내가 안 잡았냐. 네가 자꾸 흔드니까 그렇지."

갑돌이가 버럭 소리를 질렀다. 최 영감이 혀를 차며 중얼거렸다.

"쯧, 저놈들은 언제 철이 들꼬. 지게 작대기로 딴짓할 생각 말고 일이나 제대로 할 것이지."

막쇠가 킬킬거렸다.

"영감님, 저것들은 장가나 가야 정신을 차릴랑가 봅니다."

마을 대장장이 배 씨가 커다란 망치로 쇠를 두드리는 소리가 들녘까지 들려왔다. 그는 오십을 바라보는 나이에도 불구하고 단단한 근육과 강인한 팔뚝을 자랑했다. 그가 만든 괭이와 낫, 보습은 튼튼하고 품질이 뛰어나 일대에서 최고로 인정받았다.

"형님, 이번에 만든 괭이가 아주 쓸 만하네요. 다른 마을에서도 배 서방 괭이 달라고 난리랍니다."

홍섭이 어제 배 씨를 만나 농담조로 말을 건넸다. 배 씨는 검댕이 묻은 얼굴로 쑥스럽게 웃었다.

"필요한 사람이 있다면 다 만들어 줘야지."

갑자기 마을 입구 쪽에서 요란한 말발굽 소리가 들려왔다. 어제 일을 떠올리던 홍섭의 생각이 금방 사라졌다. 평화로운 들판에 어울리지 않는 다급한 소리이다. 들판에 있던 사람들의 시선이 일제히 그쪽으로 향했다. 관복을 입은 젊은 아전이 말을 채찍질하며 정신없이 달려왔다. 그의 얼굴은 공포로 하얗게 질려 있었고, 눈에는 광기마저 서려 있는 듯했다. 그는 말에서 뛰어내리자마자 채 호흡을 고르지도 못하고 피를 토하듯 외쳤다.

"왜적이다. 왜적이 코앞까지 들이닥쳤다. 부산과 동래가 무너졌고, 왜놈들이 지금 양산 쪽에서 오고 있다. 부사 나리께서 작원관에서 적을 막으신다. 나라가 위태롭다. 우리 고을을 지켜야 한다."

순간, 방금 전까지 활기가 넘치던 들판은 얼어붙었다. 사람들의 얼굴에서 핏기가 싹 가셨고, 농기구를 쥔 손이 파르르 떨렸다. 삶의 터전인 깐촌 마을 바로 옆인 작원잔도가 최후의 저지선이 될 터여서 더욱더 그랬다.

그동안 바닷가 마을에서 왜구가 노략질했다는 흉흉한 소문은 종종 들려왔지만, 그것은 언제나 멀리 떨어진, 자신들과는 상관없는 이야기처럼 여겨졌다. 하지만 이제, 그 끔찍한 소문이 현실이 되어 눈앞에 닥친 것이다. 충격과 공포 속에서 가장 먼저 터져 나온 것은 분노였다. 늘 엄살만 피우던 밤쇠가 쟁기를 내팽개치며 소리쳤다.

"이런 빌어먹을. 감히 왜놈들이 여기까지 발을 들여놓는단 말이냐."

어느새 말발굽 소리에 달려온 배 대장장이는 들고 온 쇠스랑을 땅에 내리꽂았다. 그의 눈빛은 이글거리는 분노로 가득 차 있었다. 그의 목소리에는 분노와 함께 깊은 두려움이 묻어 나왔다. 어린 시절, 내륙 깊이 들어온 왜구의 침입으로 가족을 잃었던 끔찍한 악몽이 되살아난 것이다.

"왜놈들. 이놈들을 가만두지 않겠다."

그 외침은 신호탄이 되었다. 두려움으로 온몸이 떨렸지만, 이내 내 고향, 내 가족을 지켜야 한다는 절박한 심정이 농부들의 가슴에 뜨거운 불을 지폈다. 그들은 서로의 얼굴을 바라보며 무언의 결의를 다졌다. 엄살 부리던 밤쇠도, 입담 좋던 막쇠도, 늘 사고만 치던 갑돌이와 을돌이도 더 이상 이전의 그들이 아니었다. 그들의 눈빛에는 두려움과 맞서는 결연함이 깃들어 있었다.

"갑시다. 우리 땅을 지킵시다."

홍섭이 외쳤다. 그의 목소리는 떨렸지만, 그 의지만큼은 추호의 흔들림도 없었다. 농부들은 제 손에 익숙한 농기구를 집어 들었다. 흙을 파던 삽과 곡괭이, 풀을 베던 조선낫이 이제는 나라와 가족을 지키기 위한 무기가 되리라. 배 대장장이는 망설임 없이 집으로 달려가 뜨거운 쇠를 다루던 망치와 불 집게를 챙겼다.

"아낙들은 아이들을 데리고 뒷산 동굴로 피하시오. 식량과 담요를 챙기고, 불은 절대 피우지 마시오."

최 영감이 평정심을 잃지 않고 피란 지시를 내렸다. 그의 지팡이 끝이 뒷산의 동굴을 가리켰다. 조금 전까지 평화롭게 농사를 짓던 농부들은 이제 결연한 표정의 의병이 되어 전장을 향해 몸을 움직였다. 제각기 투박한 농기구를 어깨에 메고, 비장한 침묵 속에서 발걸음을 옮겼다. 최 영감도 노구를 이끌고 동행했다.

그 행렬을 불안한 기색으로, 그러나 계산적인 눈빛으로 지켜보는 이가 있었다. 고을의 향반 김 진사였다. 그는 마을에서 상당한 전답과 재산을 가진 인물이었고, 풍수지리에도 관심이 많아 산야를 자주 돌아다녔다. 그는 평소 백성을 위하고 양반의 특권에 비판적인 박진 부사와 아몽 군관을 탐탁지 않게 여겼다. 그에게 그들은 눈엣가시 같은 존재였다.

'훙, 저 오합지졸들로 수만 왜병을 어찌 막겠단 말인가. 계란으로 바위치기일 뿐이야. 공연히 백성들의 목숨만 버릴 뿐이지. 어리석은 자들 같으니.'

그의 눈빛에는 다가오는 혼란에 대한 두려움과 함께, 이 사태를 이용해 재산과 지위를 더 굳건히 하려는 탐욕이 번뜩였다. 그는 의병으로 나서는 백성들의 행렬을 비웃으며, 은밀히 아랫사람을 시켜 왜군의 동태를 살피게 했다. 그의 머릿속에는 이미 왜군에게 협력하여 자신의 안위를 도모하려는 추악한 계산이 자리 잡고 있었다.

"월봉아."

김 진사가 옆에 선 그의 종에게 나지막이 명령했다.

"왜군의 동향을 살피고 오너라. 그들이 얼마나 강한지, 어떤 무기를 가졌는지, 그 의도가 무엇인지 정확히 파악해야 한다. 그래야 우리가 이 혼란 속에서 살아남을 방도를 찾을 수 있을 게다."

그의 명령을 받은 월봉은 얼굴이 사색이 되었다. 왜군이라면 사람을 가차 없이 죽이는 무서운 존재들이라는 소문이 파다했다.

"예, 나으리. 하오나 왜군에게 잡히면 위험하지 않을까요."

김 진사가 월봉의 등을 지팡이로 가볍게 쳤다.

"겁쟁이 같으니라고. 시키는 대로만 하면 된다. 멀리서 동향만 살피고 오는 것이니 큰 위험은 없을 게야. 정확한 정보를 가져오면 상을 후하게 내릴 것이다."

김 진사의 눈빛에 순간 냉혹함이 스쳐 지나갔다. 월봉은 더 이상 말을 않고 고개를 조아린 채 물러났다.

한편, 관아에서는 박진 부사가 마지막 준비를 서두르고 있었다. 그는 관아 창고에서 남아 있는 무기와 군량, 하다못해 약재까지 최대한 챙겼다. 비록 턱없이 부족했지만, 이것이 그들이 가진 전부였다.

"부사님. 출발 준비가 끝났습니다."

칠복이 굵직한 목소리로 보고했다. 그의 거구는 갑작스러운 사태에도 흔들림 없이 굳건해 보였다. 삼백 명 정도가 참전할 수 있다는 내용도 덧붙였다. 아몽은 '삼백'이라는 숫자에 강한 기시감을 느꼈다. 턱없이 적은 숫자였지만, 이유 모를 용기를 안겨 주었다.

"좋다. 시간이 없다. 지금 당장 작원관으로 출발하자."

박진의 단호한 명령과 함께, 병사들은 작원관을 향해 행군을 시작했다. 그들의 발걸음은 무거웠지만, 조국과 가족을 지켜야 한다는 사명감은 그 무엇보다 강한 힘이 되었다. 평화롭던 들녘은 이제 비장한 침묵으로 가득 찼고, 작원관이라는 좁은 길목에서 운명을 결정할 순간이 다가오고 있었다.

방어선

작원관으로 병력이 집결했다. 얼굴에는 두려움과 함께 고향을 지키겠다는 결의가 서려 있었다. 춘삼과 칠복은 숨 돌릴 틈 없이 병력이 대열을 정비하는 것을 도왔다. 논밭을 갈고 새끼를 꼬던 평범한 이웃이었지만, 이제 그들은 다가올 전투에서 서로의 목숨을 지켜 줄 전우가 되어야 했다.

작원관은 밀양에서 남쪽으로 40리 남짓 떨어진 곳에 위치한 험준한 고개였다. '까치원'이라 불리는 이곳은 자연이 만든 천혜의 요새다. 고개의 한쪽으로는 낙동강이 깊고 거세게 흘렀고, 다른 한쪽은 사람의 발길을 허락지 않는 깎아지른 듯한 절벽이 하늘을 찌를 듯 솟아 있었다. 그 사이로 겨우 사람 몇몇이 걸어갈 수 있을 만큼 좁은 길이 이어졌다. 예로부터 이곳은 영남 내륙으로 들어서는 중요한 군사적 요충지로 여겨져 왔으며, 크고 작은 전투가 끊이지 않았던 역사의 현장이었다. 지금, 또 다른 거대한 운명이 이곳에서 결정될 참이었다.

아몽은 도착하자마자 춘삼과 칠복을 대동하고 작원관 일대의 지형을 세밀하게 살폈다. 춘삼의 날카로운 눈썰미와 칠복의 듬직한 체력, 그리고 부사와 아몽의 전략이 총동원되었다. 그들은 가장 효율적으로 적을 막아 낼 지점을 찾아내고, 짧은 시간 안에 최대한 방어 효과를 낼 수 있는 작전을 짰다.

"이 지점이 가장 중요하다."

박진 부사의 손가락이 가리킨 곳은 고갯길이 가장 좁아지는 지점이었다.

"왜적은 반드시 이 좁은 길을 통해 대규모 병력을 진격시킬 것이다. 우리는 여기서 그들을 막아야 한다. 여기서 무너지면 영남 전체가 위험해진다."

아몽은 부사의 명령에 따라 절벽과 강 사이에 형성된 좁은 통로를 중심으로 방어선을 구축하기 시작했다. 시간이 턱없이 부족했기에 완벽한 요새를 기대할 수는 없었다. 가진 것은 병사들의 땀과 의지, 그리고 주변의 지리적 이점뿐이었다. 병사들은 아몽의 지휘 아래 일사불란하게 움직이기 시작했다. 가장 먼저 시작한 것은 목책 설치였다. 병사들과 의병들은 주변 산으로 달려가 나무를 베어 냈다. 낡은 톱과 도끼, 심지어 날이 무딘 농기구의 날까지 동원되었다.

나무가 쓰러지는 굉음, 톱질하는 소리가 고요하던 산골짜기에 울려 퍼졌다. 나뭇가지를 치고 나무 끝을 뾰족하게 다듬었다. 바위가 많아 땅 파기가 쉽지 않았지만, 삽, 곡괭이, 심지어는 맨손으로 흙을 파내고 돌을 골라냈다. 땀과 흙으로 뒤범벅이 된 사내들이 무거운 나무 기둥을 옮겨와 땅에 깊숙이 박아 넣었다. 방어선은 세 겹으로 설치되었다.

첫 번째 목책은 적의 진격을 일차적으로 저지하는 역할을 했다. 두 번째 목책은 그 뒤에 세워져 적을 특정 경로로 유도하거나, 첫 번째 목책이 뚫렸을 때 시간을 버는 역할을 하도록 설계되었다. 마지막 세 번째 목책은 가장 중요한 곳에 가장 튼튼하게 세워져 최후의 저지선 역할을 할 터이다. 목책들 사이사이에 길을 만들어 아군이 이동하고 적이 혼란에 빠지도록 유도했다. 파수병들이 배치될 감시 초소도 급하게 세워졌다. 강가 쪽으로는 흙과 돌을 쌓아 방벽을 구축했다. 절벽 밑이나 강가에서 돌을 주워 나르고, 땅을 파내 흙과 뒤섞어 쌓아 올렸다. 지게와 망태가 동원되었고, 삽과 괭이로 흙을 다졌다. 칠복과 같이 힘센 사내들은 커다란 돌덩이를 번쩍 들어 옮겼다. 이 방벽은 적의 화살이나 조총 공격을 막아 주는 엄폐물이 될 터였다. 절벽 위에는 춘삼의 지휘 아래 궁수들과 투석 병력이 배치되었다. 가파른 절벽을 기어 올라가, 아래를 내려다보며 적에게 화살과 돌을 퍼부을 수 있는 최적의 위치를 잡았다. 시야를 가리는 잡목들을 낫과 칼로 베어 냈다. 주변에 굴러다니는 크고 작은 돌들을 모아 쌓아 두었다. 춘삼은 궁수들에게 왜적의 지휘관이나 주요 병력을 먼저 노리라고 지시했다. 홍섭과 배 대장장이를 비롯한 의병은 주로 후방과 측면에 배치되었다. 그들은 비록 정식 군사 훈련을 받지 않았지만, 고향을 지키겠다는 의지만큼은 누구에게도 뒤지지 않았다. 농기구를 든 이들은 적이 방어선을 돌파했을 때 측면에서 기습하거나, 후방을 방어하는 역할을 맡았다. 배 대장장이의 쇠스랑은 그에게 가장 익숙한 무기였다.

"이보시오, 배 씨."

아몽이 배 씨 곁에 다가와 말했다.

"예, 군관님."

그의 얼굴은 검댕이와 땀으로 뒤범벅되어 있었다.

"당신의 대장간 도구들이 지금 우리에겐 귀중한 무기요. 그 쇠스랑은 날이 잘 서 있어 왜적의 갑옷도 뚫을 수 있을 거요."

배 씨는 손에 들린 쇠스랑을 잠시 바라보았다. 늘 땅을 갈고 짚단을 나르던 도구가 이제는 사람의 목숨을 빼앗고 고향을 지키는 무기가 된 현실이 낯설었지만, 그의 눈빛은 단호했다.

"이놈들이 감히 우리 땅을 밟는다면, 제 쇠스랑이 가만두지 않을 겁니다. 남은 쇠붙이는 얼마 없으나, 밤새 불을 피워 날을 세우도록 하겠습니다."

목책과 흙벽은 어둠 속에서 그림자처럼 희미하게 보였다. 박진 부사는 간단한 식사를 하고 교대로 휴식을 취하도록 지시했다. 강행군과 방어진지 구축 작업에 모두 지쳐 있었다. 모닥불 주위로 모인 병사들의 얼굴에는 긴장과 불안, 그리고 알 수 없는 전투에 대한 두려움이 뒤섞여 있었다. 하지만 서로의 얼굴을 보며 애써 미소를 짓거나, 낮은 목소리로 이야기를 나누며 마음을 달랬다. 홍섭은 아내 순양이 급히 챙겨준 보따리를 풀어 떡과 마른고기를 꺼냈다. 따뜻한 집밥은 아니었지만, 사랑이 담긴 음식이었다. 그는 곁에 앉은 동료 의병들과 음식을 나누며 잠시나마 집과 가족을 떠올렸다.

"군관님, 이런 험한 곳에서 정말 저 많은 왜적을 막을 수 있을까요."

한 병사가 아몽에게 조심스럽게 물었다. 그의 목소리에는 불안감이 역력했다. 아몽은 그를 바라보며 힘주어 말했다.

"반드시 막아 낼 것이다. 부사님의 결정을 믿어라. 이곳은 우리가 선택한 전장이고, 우리에게 유리한 천혜의 요새다. 보아라. 이 좁은 길목에서는 적의 수적 우위가 큰 의미가 없다. 몇 배나 많은 적이라 할지라도, 이 좁은 통로로는 한 번에 밀고 들어올 수 없다. 게다가 우리는 집과 가족, 그리고 이 땅을 지키기 위해 싸우지만, 왜적은 단지 남의 나라를 빼앗으려는 침략자일 뿐이다. 대의명분이 우리에게 있다."

아몽의 말에 병사들은 조금씩 용기를 얻는 듯했다. 하지만 그의 마음속에는 여전히 깊은 불안감이 자리 잡고 있었다. 과연 삼백여 명의 군사로 수많은 왜적을, 그것도 강력한 조총으로 무장한 왜적을 막아 낼 수 있을까. 역사는 그에게 유리한 답을 준 적이 많지 않다. 문득 아몽은 고을 향반 김 진사의 행방이 궁금해졌다. 그는, 김 진사가 평소에 품었던 적대감과 그의 탐욕스러운 성품을 잘 알고 있었다. 이런 혼란기에 내부의 적은 외부의 적보다 더 위험할 수 있었다. 아몽은 만일의 사태에 대비해 은밀히 홍섭에게 김 진사의 움직임을 예의주시하고 수상한 점이 발견되면 즉시 보고하라고 은밀히 일러 놓은 터였다.

작원관은 잠시 고요한 순간을 맞았다. 풍전등화의 시간이었다. 잠시 후 바람이 고갯길을 휘감았고, 낙동강이 흐르는 소리가 귀를 울렸다. 파수병들은 손에 창을 단단히 쥐고 긴장된 눈빛으로 주변의 작은 소음에도 귀를 기울였다. 혹시 모를 적의 습격에 대비해 방어선 주변을 경계했다. 박진 부사는 혼자 깊은 생각에 잠겼다. 그의 그림자가 길게 늘어졌다. 피와 땀으로 쌓아 올린 방어선과 그 뒤에서 숨죽여 대기하고 있는 병사와 의병들, 그들의 목숨이 오롯이 자신의 손에 달려 있다는 막중한 책임감이 그의 어깨를 짓눌렀다. 아몽도 부사의 그런 모습을 보며 결사 항전의 의지를 다시 한번 다졌다. 그때, 절벽 위 파수병의 다급하고 떨리는 외침이 작원관의 고요를 깨뜨렸다.

"오고 있다. 왜적이 접근하고 있다."

외침과 동시에 병사들이 벌떡 일어나 순식간에 전투태세를 갖췄다. 곳곳에서 병사들의 기합 소리가 터져 나왔다. 박진 부사는 심호흡을 하고 허리에 찬 칼을 뽑아 들었다. 차가운 쇳소리가 공기를 갈랐다. 마침내 결전의 순간이다. 그들은 작원관, 까치원이라는 이름 아래 이곳에 서 있었다. 피로 물들 운명에 맞서기 위해.

전투

　축축하고 차가운 공기 속에는 마른 풀과 나뭇가지를 태운 모닥불의 희미한 재 냄새가 진하게 전해 왔다. 그 속으로 맡아 본 적 없는 낯선 금속과 기름 냄새가 섞여 들기 시작했다. 조선군 진영의 병사들은 무기를 본능적으로 단단히 움켜쥐었다. 그때, 멀리서 희미한 소음이 파도처럼 밀려왔다. 처음에는 낮은 웅얼거림 같았지만, 점차 수천 개의 발이 땅을 구르는 소리, 갑옷이 서로 부딪히며 내는 섬뜩한 금속성 마찰음으로 변해 갔다. 운무가 마치 거대한 장막처럼 서서히 걷히기 시작하자, 그 아래로 믿을 수 없는 광경이 펼쳐졌다. 검은 그림자들이 산자락을 따라 끝없이 이어지며 꿈틀거리고 있었다. 하나하나가 무장한 왜군 병사였다. 마치 땅 밑에서 솟아난 귀신 군단처럼, 그들은 소리 없이, 그러나 압도적인 존재감으로 다가오고 있었다. 선봉대의 척후병들은 훈련된 동물처럼 날렵하고 조심스럽게 지형을 살피며, 때때로 낮은 포복 자세로 바위 뒤에 몸을 숨겼다. 이윽고 안전하다는 신호를 은밀하게 본대에 보냈고, 그 뒤를 이어 거대한 강철의 물결이 작원관을 향해 넘실거리며 밀려왔다.
　고니시가 이끄는 2만의 대군. 그들은 피비린내 나는 내전에서 단련된 정예 병력이다. 이미 무참히 짓밟은 부산과 동래의 피가 채 마르지 않은 시간이다. 붉은 바탕에 검은 문양이 새겨진 기괴한 문양의 깃발들이 음산하게 펄럭이며, 살아 있는 모든 것에 죽음 신의 강림을 예고했다. 그들의 진격은 한 치의 오차도 없는 기계처럼 냉정하고 위압적이었다. 속도는 바람처럼 빨랐다. 선두에는 조총으로 무장한 보병 부대가 섬뜩한 화약 냄새를 풍기며 작원관의 초라한 목책을 향해 수백 개의 총구를 겨누었다. 그들의 조총은 조선의 활보다 사거리는 짧았지만, 짧은 거리에서 터져 나오는 납탄은 두꺼운 나무 방패마저 산산조각 낼 파괴력을 지녔다. 그 뒤로는 번쩍이는 갑옷으로 온몸을 감싼 사무라이들이 길고 날카로운 칼을 금방이라도 뽑아 들 듯 살기를 뿜어내며 따랐다. 동래에서 조선군을 유린하며 승리의 쾌감에 취한 눈빛에는 자비 없는 살육의 잔인함과 오만함이 번뜩였다.

목책 뒤, 바위틈에 숨어 이 장면을 지켜보는 조선 수비대의 얼굴에는 극도의 공포와 함께, 죽음으로써 이 땅을 지키겠다는 비장한 결의가 교차했다. 심장이 터질 듯 뛰었지만, 누구도 먼저 등을 보이지 않았다. 왜군 선두 지휘관 이토 켄신은 작원관의 허술하기 짝이 없는 방어선을 훑어보며 경멸의 코웃음을 쳤다. 그의 눈에는 가소롭기 짝이 없었다. 급하게 세운 목책은 듬성듬성했고, 방어물이라 부르기도 민망한 돌무더기와 통나무 더미, 심지어 군복조차 제대로 갖추지 못한 채 낫이나 괭이를 들고 공포에 질린 눈으로 자신들을 바라보는 농민 병사들까지. 부산진과 동래에서처럼, 이번에도 약간의 위협만 가하면 저들은 비명을 지르며 흩어져 도망갈 것이라 확신했다.

"보시오, 저것들이 군인이라고 할 수 있겠소. 마치 도살장에 끌려온 가축 떼 같지 않소이까."

이토가 옆에 선 고니시를 돌아보며 조선군을 조롱하듯 말했다.

"순식간에 저 목책을 넘고 북으로 가는 길을 열겠소."

고니시는 이토의 자신감에도 불구하고 여전히 표정이 무거웠다. 그의 경험 많은 눈은 작원관의 험준한 지형이 방어자에게 얼마나 유리한지 간파하고 있었다.

"지형이 험하니 너무 깊숙이 들어가지 않도록 조심해야 할 것이오. 저들의 저항이 거셀 수도 있으니, 선두 부대의 피해를 최소화하는 것이 중요하오."

그러나 연이은 승리에 도취된 이토에게 고니시의 신중론은 잔소리로 들릴 뿐이었다. 그는 빨리 이 지긋지긋한 산길을 돌파하고 싶었다.

"전군. 진격하라."

이토의 날카로운 외침과 함께, 진격의 북이 미친 듯이 울리기 시작했다.

둥. 둥. 둥. 둥.

심장을 옥죄는 북소리는 대지에 진동을 일으켰고, 그 박자에 맞춰 전방의 조총 부대가 일제히 발사 준비 자세를 취했다. 수백 개의 차가운 총구가 불을 뿜기 위해 작원관을 겨누었다. 동시에, 뒤따르던 왜군들이 허리에서 번개처럼 칼을 뽑아 들고 하늘을 찢을 듯한 함성을 내질렀다. 그 함성은 마치 수천 마리의 짐승이 울부짖는 듯 산과 계곡을 뒤흔들었고, 조선군 병사들의 뼛속까지 스며드는 공포를 불러일으켰다.

"발사."

첫 번째 조총 사격이 시작되었다.

'콰쾅. 탕. 타타타타탕.'

귀청을 찢는 굉음과 함께 자욱한 화약 연기가 안개처럼 피어올라 시야를 가렸다. 수백 발의 납탄이 목책과 바위를 때리며 파편을 튀겼다. 하지만 좁고 굴곡이 심한 작원관의 지형은 왜군의 화력을 상당 부분 흡수했다. 자욱한 연기 속에서 정확한 조준은 어려웠고, 좁은 길은 탄환의 위력 범위를 반감시켰다. 목책과 바위틈에 몸을 숨긴 조선군의 피해는 왜군의 예상보다 적었다. 몇몇 운 나쁜 병사들이 비명을 지르며 쓰러졌지만, 방어선 자체가 흔들리지는 않았다. 오히려 절벽 위와 목책 뒤에서 쏟아지는 조선군의 반격이 훨씬 효과적이었다. 박진 부사는 냉철한 눈으로 전장을 꿰뚫어 보며 침착하게 명령을 내렸다.

"활 부대. 조준. 적의 선두, 깃발을 든 놈들과 조총수들을 노려라."

그들의 손에는 조선의 비밀 병기인 편전(片箭)이 쥐어 있었다. 애기살이라고 하는 편전은 길이가 손 한 뼘 정도밖에 되지 않는 작은 화살이었다. 하지만 이 작은 화살은 보통 화살보다 훨씬 빠르고 정확하며, 적들은 그 정체를 알기 어려웠다.

활 부대는 허리춤에서 통아(덧살)를 꺼냈다. 통아는 대나무나 뿔로 만든, 편전을 넣고 쏘는 발사 보조 도구였다. 통아에 편전을 끼워 넣고, 활시위를 당겼다. 팽팽하게 당겨진 활시위와 함께 춘삼의 근육이 단단하게 뭉쳤다. 그의 눈동자는 매처럼 날카로웠다. 손가락 끝은 미세하게 떨렸지만, 활시위는 흔들림 없이 고정되어 있었다.

"쏴라!"

지휘관의 외침과 함께 궁수들의 손가락이 시위를 놓았다.

"쉬이이익"

바람을 가르는 소리가 들리기도 전에, 작은 화살은 이미 먼 산등성이를 향해 날아갔다. 적들은 영문도 모른 채 쓰러졌다. 그들의 몸에는 어디서 날아왔는지 알 수 없는 작은 화살이 꽂혔다. 혼란에 빠진 적들은 서로를 의심하며 허공에 칼을 휘둘렀다. 그들에게 편전은 보이지 않는 귀신의 화살처럼 느껴졌을 것이다. 춘삼은 연달아 통아를 이용해 편전을 쏘아 댔다. 그의 화살은 단 한 발도 빗나가지 않았다. 적들은 공포에 질렸다. 도망가는 왜군의 등 뒤로 춘삼의 화살이 날아와 박혔다. 보통 활을 가진 궁수들도 일제히 활시위를 당겼다.

'빠드득'

활대가 휘어지는 소리와 함께 팽팽하게 당겨진 시위는 금방이라도 터질 듯한 에너지를 응축했다. 조선 활의 무서움을 보여 줄 순서였다.

"발사."

'피용. 쉬이이이익.'

수백 개의 날카로운 화살촉이 검은 죽음의 비가 되어 쏟아져 내렸다. 화살들은 정확하게 좁은 길목으로 쇄도하는 왜군 선두 부대를 노렸다. 길목에 밀집해 있던 왜군들은 피할 곳도 마땅치 않아 속수무책으로 화살 세례를 맞았다.

"으악."

"악."

비명이 터져 나왔다. 팔다리, 얼굴 등 노출된 부위에 박힌 화살은 끔찍한 고통과 함께 전투력을 상실시켰다. 특히 말을 탄 지휘관이나 깃발을 든 병사들이 연이어 쓰러지자 왜군 선두의 진격 속도가 눈에 띄게 느려졌다. 동시에 절벽 위에서는 "와아" 하는 함성과 함께 미리 준비해 둔 집채만 한 바위와 통나무 들이 지축을 울리는 굉음을 내며 굴러떨어졌다.

"우르르 쾅. 콰과광."

앞다투어 진격하던 왜군 병사들은 비명을 지를 새도 없이 으깨지고 깔리거나, 충격으로 절벽 아래 깊은 강물로 튕겨 나갔다. 순식간에 길목은 피와 살덩이, 부서진 무기가 뒤엉킨 아비규환의 현장으로 변했다. 조총 부대는 계속해서 사격을 퍼부었지만, 효과적인 사격이 어려웠다. 오히려 앞으로 나아가려다 서로 엉키거나 넘어져 혼란만 가중되었다. 조선군은 험준한 지형이라는 천혜의 요새를 완벽하게 활용하며 효과적으로 방어했다.

"우리는 여기서 한 발짝도 물러설 수 없다. 죽기를 각오하고 싸워라."

아몽의 목소리는 전장에 울려 퍼지며 병사들의 남은 용기를 쥐어짰다. 그의 외침에 병사들은 공포를 잠시 잊고 죽음을 각오하고 싸웠다. 홍섭은 날카롭게 벼린 낫을 칼처럼 휘두르며 달려드는 왜군 병사의 복부를 꿰뚫었다. 끔찍한 감촉과 비명 소리가 온몸의 신경을 마비시키는 듯했지만, 그는 눈을 부릅뜨고 다음 적을 향해 달려들었다. 숨어 떨고 있을 아내와 아들의 얼굴이 떠올랐다. 늙은 관군 병사부터 앳된 얼굴의 신병, 심지어 낫과 곡괭이를 든 백성들까지, 신분과 나이를 초월하여 하나가 되어 밀려오는 왜군의 파상공세를 온몸으로 받아 냈다. 아몽은 부사가 있는 중앙 지휘소와 병사들이 분투하는 최전선을 오가며 침착하게 전장을 지휘했다. 그는 그간 습득한 병법 지식과 지형에 대한 이해를 바탕으로 왜군의 공격 패턴을 예측하고, 약점을 파고들며 병력을 효율적으로 운용했다. 수적 열세를 극복하기 위해 한 명의 병사라도 헛되이 희생시키지 않으려 애썼다.

"우측 방어선이 뚫린다. 김 호장. 남은 예비 병력을 모두 그쪽으로 투입하라. 절대로 돌파당해서는 안 된다."

아몽의 불호령이 떨어지자, 김 호장이 눈빛을 번뜩이며 "옛" 하고 외치고는 수십 명의 병력을 이끌고 우측으로 달려갔다. 그들은 무너진 목책 사이로 밀고 들어오는 왜군과 격렬한 백병전을 벌이며 간신히 방어선을 유지했다. 그 덕분에 잠시 왜군의 주 공격 방향이었던 중앙의 압력이 줄어들었다. 아몽은 찰나의 기회를 놓치지 않았다.

"지금이다. 중앙 부대, 반격 개시. 활을 퍼붓고 남은 돌을 모두 굴려라."

다시 한번 화살이 왜군을 덮쳤고, 절벽 위에서는 바위와 통나무들이 굉음을 내며 다시 굴러떨어졌다. 예상치 못한 반격에 왜군의 전열이 크게 흐트러지자, 박진은 직접 정예병 수십 명을 이끌고 목책 밖으로 뛰쳐나가 왜군의 측면을 강타했다. 조선군의 기습적인 역습에 당황한 왜군은 잠시 주춤하며 뒤로 물러섰다. 칼과 창이 부딪히는 소리에 이어 살이 터지고 뼈가 부러졌다. 양군의 처절한 함성과 비명이 뒤섞이며 좁은 벼랑을 피로 물들였다. 수적으로는 여전히 왜군이 압도적이었지만, 조선군은 지형의 이점과 죽기를 각오한 결사적인 항전으로 한 치도 물러서지 않았다.

일진일퇴의 숨 막히는 공방전 속에서 시간은 더디게 흘러갔다. 좁고 험한 길목에서 왜군의 대군은 오히려 거추장스러운 짐이 되었다. 밀집 대형은 조선군의 화살과 투석 공격에 더 큰 피해를 보는 결과를 초래했고, 사체와 부상병들이 뒤엉켜 진격로를 막았다. 홍섭은 이제 더 이상 어제의 그 순박한 농부가 아니었다. 그의 옷은 땀과 피로 얼룩져 누더기가 되었고, 그의 낫 끝에는 검붉은 피가 엉겨 붙었다. 그의 눈빛에는 공포와 죄책감 대신, 오직 적에 대한 분노와 살아남아야 한다는 강렬한 투지만이 이글거렸다.

"밀어내자. 저 왜놈 잡귀들을 한 놈도 살려 보내지 말자."

그가 목이 터져라 외치자, 지쳐 쓰러질 것 같던 주변의 의병들이 다시 한번 힘을 내어 함성을 지르며 왜군에게 달려들었다. 처음에는 두려움에 떨며 어설프게 무기를 휘두르던 그들이었지만, 이제는 서로 등을 지키고 협력하며 제법 능숙하게 싸웠다. 극한의 상황 속에서 발현된 생존 본능과, 내 고향 내 땅을 지키겠다는 절박한 마음이 그들을 강인한 전사로 거듭나게 하고 있었다.

왜군 진영의 분위기는 애초와 완전히 달랐다. 자신만만했던 이토의 얼굴은 분노와 당혹감으로 일그러졌다. 예상외로 끈질기고 격렬한 조선군의 저항에 자존심마저 크게 상했다.

"크윽. 이런 버러지 같은 놈들. 감히 대일본군의 진격을 막아서다니."

그가 이를 갈며 중얼거렸다. 손쉬운 승리를 예상했지만, 결과는 참담했다. 전사자와 부상자는 계속 늘어났고, 병사들의 사기는 눈에 띄게 떨어지고 있었다. 여기저기서 불평과 불만이 터져 나왔다.

"언제까지 이 좁아터진 산길에서 발목 잡혀 있을 것인가."

"보급은 언제 오는 거지?"

고니시의 막사에는 무거운 침묵과 함께 초조함이 짙게 감돌았다. 이토는 무리한 진격 명령을 내렸다가 큰 피해를 보고 후퇴시키기를 몇 차례 반복했다. 그의 안절부절못하는 모습에서 처음의 호언장담은 찾아볼 수 없다. 그는 왜 이 보잘것없는 조선군 오합지졸에게 막혀 이렇게 고전하고 있는지 도저히 이해할 수도, 인정할 수도 없었다.

"젠장, 저들은 지형을 손바닥 보듯 이용하고 있지만, 우리는 완전히 낯선 곳에서 싸우고 있지 않소."

그가 변명하듯 고니시에게 말했다. 고니시는 냉정하게 지도를 노려보며 상황을 분석했다.

"이대로 성년 공격만 고집하는 것은 어리석은 짓이오. 병력 손실만 클 뿐이오. 조총 부대의 화력을 극대화하여 정면을 돌파하든지, 아니면 이 험한 산중에 우리가 모르는 다른 길이 있는지 다시 한번 철저히 수색해 보아야 하오."

"다른 길이라니. 이토록 험준한 산악 지형에 무슨 다른 길이 있겠소. 조총 또한 저런 지형에서는 위력을 발휘하기 어렵다는 것을 직접 보지 않았소."

이토가 신경질적으로 반박했다. 조선군에게 당한 굴욕감에 판단력이 흐려져 있었다. 두 지휘관 사이에는 패배의 책임과 향후 전략을 놓고 차가운 긴장감이 팽팽하게 흘렀다. 조선 침략 이후 처음으로 겪는 예상치 못한 강력한 저항에 왜군 수뇌부는 당혹감을 감추지 못했다. 해가 서쪽으로 저물며 하늘과 강물이 붉은 피처럼 물들 때까지 치열한 공방전이 벌어졌지만, 작원관은 끝내 함락되지 않았다. 마침내 왜군은 공격을 멈추고 물러났다.

조선군 진영에는 짧은 안도의 한숨과 함께, 온몸을 마비시키는 듯한 극심한 피로감이 파도처럼 밀려왔다. 여기저기서 부상자들의 고통스러운 신음 소리가 끊이지 않았고, 살아남은 병사들은 녹초가 되어 쓰러지듯 주저앉아 거친 숨을 몰아쉬었다. 하지만 아몽은 잠시도 경계를 늦출 수 없었다. 그의 직감은 적이 결코 이대로 물러서지 않을 것이며, 어떤 식으로든 다른 방법을 찾아내 다시 공격해 올 것이라고 경고하고 있었다. 그리고 그의 마음 한구석에는 시한폭탄과 같은 존재, 김 진사에 대한 불안감이 점점 더 커져 갔다.

밤이 깊어 갔다. 별빛마저 삼켜 버린 칠흑 같은 어둠 아래, 조선군 진영은 불안한 긴장 속에서도 잠시 숨을 돌리고 있었다. 부상자들의 상처를 싸매고, 여기저기 부러지고 이 빠진 무기를 고치는 손길이 분주했다. 아울러 또다시 닥쳐올 죽음의 공포를 애써 외면하며 잠시 눈을 붙이는 이들의 고단한 모습이 어둠 속에 뒤섞여 있었다. 전장의 밤은 언제 터질지 모르는 화약고처럼 불안했다. 아몽은 홀로 망루에 올라 어둠 속에 희미하게 타오르는 왜군 진영의 횃불들을 응시했다. 그 불빛은 마치 굶주린 맹수의 눈처럼 섬뜩하게 빛나고 있었다. 그들은 퇴각한 것이 아니라, 더 치명적인 다음 공격을 위해 잠시 숨을 고르고 있을 뿐이다. 앞으로 지금보다 몇 배는 더 거센 공격이 있을 것이다. 과연 이 부족한 병력과 지친 몸으로 언제까지 버텨 낼 수 있을까. 그의 강인한 정신 속에도 회의와 불안의 그림자가 스멀스멀 피어올랐다.

"장군님."

등 뒤에서 홍섭의 낮은 목소리가 들렸다. 평소의 '군관님'이라는 호칭 대신, 존경과 신뢰를 담은 '장군님'이라는 호칭이 그의 입에서 자연스럽게 흘러나왔다. 함께 생사를 넘나드는 전투를 치르며 아몽에 대한 그의 믿음은 절대적인 것이 되어 있었다.

"자네도 쉬지 않고 무얼 하나. 어서 가서 눈이라도 좀 붙이게."

아몽은 돌아보며 피곤한 기색을 감추고 말했다.

"도저히 잠을 이룰 수가 없습니다."

홍섭이 아몽 옆에 나란히 서서 낮게 말했다. 그의 얼굴에는 깊은 피로와 함께 떨쳐 버릴 수 없는 죄책감과 혼란이 서려 있었다.

"제 손으로 몇 명이나 되는 사람을 죽였는지 모르겠습니다. 꿈에 나올까 두렵습니다. 손에 묻은 피비린내가 아무리 씻어도 가시질 않는 것 같습니다."

아몽은 말없이 그의 어깨를 묵직하게 두드렸다.

"우리는 사람을 죽인 것이 아닐세. 우리 땅을 짓밟고 우리 가족을 해치려는 침략자, 악귀들을 처단한 것일 뿐이야. 자네가 한 일은 결코 죄스러운 일이 아닐세. 오히려 죽음 앞에서 비겁하게 도망치지 않고 맞서 싸운, 참으로 용맹하고 자랑스러운 일이야."

"머리로는 알고 있습니다. 하지만 가슴이 너무 무겁고 괴롭습니다."

홍섭은 차마 말을 잇지 못하고 고개를 떨궜다. 불과 얼마 전만 해도 그는 흙냄새를 맡으며 씨앗을 뿌리고 곡식을 거두던 평범하고 선량한 농부였다. 이제 그의 손은 사람의 피로 흥건히 젖어 있었다.

"모두가 그렇네. 나라고 어찌 다르겠는가. 처음엔 누구나 괴롭고 혼란스럽지만, 살아남기 위해, 그리고 가족과 나라를 지키기 위해선 어쩔 수 없는 일이야."

아몽의 목소리에는 중간 지휘자로서 가져야 할 책임감에서 우러나오는 깊은 고뇌가 담겨 있다. 그는 홍섭의 고통을 충분히 이해한다는 듯 잠시 침묵하며 밤하늘을 바라보았다.

"자네 가족은 무사히 피신했는가."

"네, 전투가 벌어지기 전에 각시와 아들이 산속 깊은 곳, 안전한 곳으로 피신했습니다."

홍섭의 목소리가 그리움과 걱정으로 가늘게 떨렸다.

"다시 가족들을 만날 수 있을까요."

"반드시 만날 수 있네. 우리가 여기서 적을 막아 내는 한, 그들은 안전할 걸세. 그러니 우리는 무슨 수를 써서라도 여기서 버텨야만 하네. 그것이 우리가 싸우는 이유일세."

아몽의 단호하고 힘 있는 말에 홍섭은 힘겹게 고개를 끄덕였다. 두 사람은 잠시 말없이 어둠 속에 잠긴 적진을 응시했다. 멀리서 들려오는 부상병의 희미한 신음과 차가운 밤바람 소리만이 무거운 정적을 갈랐다.

"송구스럽지만, 한 가지 더 보고드릴 말씀이 있습니다."

홍섭이 망설이다 조심스럽게 입을 열었다. 그의 표정이 심각하게 굳어 있었다.

"김 진사. 그자에 관한 일입니다."

아몽의 눈빛이 순간 얼음장처럼 차갑게 변했다.

"그자가 기어이 무슨 짓을 했는가?"

"전투가 잠시 소강상태에 접어들었을 때였습니다. 제가 잠시 망루에서 주변을 살피던 중, 김 진사가 몰래 진영 뒤편 샛길로 빠져나가는 것을 목격했습니다. 처음에는 혼자 살겠다고 도망치는 줄로만 알았습니다. 그런데 그 직후 왜군의 마지막 공세가 워낙 거세지는 바람에 경황이 없어 자세히 보지 못했습니다."

홍섭은 잠시 숨을 멈춘 후 말을 이었다.

"그리고 조금 전, 진영을 순찰하던 중 몇몇 병사들로부터 이상한 이야기를 들었습니다. 김 진사가 도망치기 직전, 병사들 몇몇에게 '이대로 가다간 다 죽는다. 동쪽 계곡으로 이어지는 샛길이 있는데, 그쪽은 방비가 허술하니 만약 상황이 급해지면 그쪽으로 도망쳐야 살 수 있다'는 말을 퍼뜨리고 다녔다고 합니다."

아몽은 깊은 한숨을 내쉬었다. 온몸의 피가 차갑게 식는 듯한 불길한 예감이 그의 등골을 서늘하게 했다. 전투 직전, 도망치려던 김 진사를 붙잡아 "함께 싸우다 죽는 것이 백번 낫다"고 설득하여 억지로 남게 했지만, 결국 그는 제 살길을 찾아 도망친 것이다. 그런데 단순히 발생한 탈영이 아니었다. 엉뚱하게도 '동쪽 계곡 샛길' 이야기를 퍼뜨려 병사들의 주의를 그쪽으로 돌리려 했다는 것은 명백한 배신 행위이자, 아군의 혼란을 야기하려는 교활한 술책이었다.

"역시 그 비겁한 자가 우리 모두를 팔아넘기려 한 것이군. 정작 위험한 길은 다른 곳일 텐데 필시 왜군에게 접근하여 우리의 약점을 알려 주고 제 목숨과 재산을 보전하려 했을 것이다. 부사 나리께 조속히 보고해야겠다."

아몽의 목소리는 분노와 경멸로 싸늘하게 가라앉았다.

"그자의 배신이 우리 모두를 죽음 구덩이로 몰아넣을 수도 있다. 당장 그자를 찾아라. 진영 안에 숨어 있을 수도 있다. 만약 찾거든 즉시 내 앞에 끌고 오고, 만약 이미 도망쳤다면, 그가 어느 방향으로 갔는지 흔적이라도 찾아야 한다."

아몽의 추상같은 명령에 홍섭이 즉시 몇몇 병사를 이끌고 수색에 나섰지만, 김 진사는 이미 연기처럼 사라진 뒤였다. 그의 짐 보따리마저 감쪽같이 사라진 것으로 보아, 계획적으로 도주한 것이 분명했다. 최악의 시나리오가 점점 더 선명한 현실이 되어 가고 있었다.

바로 그 시각, 칠흑 같은 어둠 속에서 험준한 산길을 목숨 걸고 내려간 김 진사는 약속 장소인 계곡 입구의 큰 바위 뒤에 숨어, 극도의 긴장감 속에서 숨죽이고 기다렸다. 혼란한 틈을 타 몰래 진영을 빠져나온 그는 미리 접촉해 두었던 왜군 세작에게 작원관 방어선을 뚫을 정보를 가지고 있음을 알렸다. 해가 진 후 이곳에서 다시 만나기로 약속했던 것이다. 이내 검은 복면으로 얼굴을 가린 왜군 병사 두 명이 소리 없이 나타나 다짜고짜 그의 양팔을 거칠게 낚아채 반쯤 포박하듯 끌고 왜군 진영 깊숙한 곳으로 향했다. 끌려가는 내내 김 진사는 심장이 터질 듯한 공포와 함께, 자기의 정보가 받아들여져 부와 안위를 보장받을 수 있기를 필사적으로 기도했다. 살기 위한 그의 마지막 발악이었다.

고니시의 막사 안. 김 진사는 차갑고 축축한 흙바닥에 죄인처럼 무릎을 꿇고 앉았다. 그는 온몸을 벌벌 떨면서도, 최대한 또렷한 목소리로 이 지역의 지형을 손바닥처럼 꿰고 있는 토박이 지주이며, 조선군이나 마을 사람들도 잘 모르는 작원관 방어선의 치명적인 약점을 알고 있다고 말했다.

"약점이라니. 네놈이 아는 약점이 무엇이냐. 어서 말해 보아라. 만약 허튼소리를 지껄이는 것이라면 네놈의 목숨은 여기서 끝이다."

성미 급한 이토가 칼자루를 움켜쥐며 날카롭게 다그쳤다.

"장군님들, 부디 제 목숨을 살려주십시오."

김 진사의 목소리는 애절하면서도 높았다.

"저는 작원관 주 방어선 뒤편, 그러니까 능선 너머 절벽[11]으로 이어지는 사냥꾼 길을 알고 있습니다. 워낙 길이 험하고 눈에 띄지 않아 평소에는 산짐승들이나 다니는 실배암길입니다. 조선군 놈들은 그 길의 존재조차 거의 알지 못할뿐더러, 안다 해도 설마 거기로 병력이 넘어오리라고는 상상도 못 할 것입니다."

김 진사는 왜군에게 확신을 주려는 듯 이마를 땅에 세게 박았다.

"그 절벽이 매우 가파르긴 하나, 자세히 보면 발 디딜 곳과 손으로 잡을 바위틈, 나무뿌리들이 있어 숙련된 병사들이라면 얼마든지 조용히 기어오를 수 있습니다. 그곳으로 정예병 수백 명만 기습적으로 투입해 후방을 급습한다면, 저들은 속수무책으로 무너지고 말 것입니다."

김 진사는 살기 위해, 자신이 아는 모든 지형 지식을 총동원하여, 마치 눈앞에 길이 보이는 듯 상세하게 설명했다. 그는 왜군의 압도적인 군세와 조선 조정의 무능함을 보며 조선의 패배를 이미 확신했고, 하루빨리 승자의 편에 붙어 자신의 목숨과 재산을 지키고자 하는 비열한 생존 본능에 충실했을 뿐이었다. 고니시는 즉시 막사 벽에 걸린 군사 지도를 펼쳐 김 진사가 가리키는 지점을 자세히 확인했다. 지도상으로도 극히 험준해 보이는 경로였지만, 김 진사의 설명이 워낙 구체적이고 확신에 차 있어 신빙성이 높아 보였다. 만약 그의 말이 사실이라면, 교착된 전황을 단번에 뒤집고 작원관을 함락시킬 수 있는 결정적인 열쇠가 될 수 있었다.

"네놈의 그 말을 어찌 온전히 믿을 수 있겠느냐. 우리를 함정에 빠뜨리려는 속임수일 수도 있지 않겠느냐."

고니시가 여전히 의심의 눈초리를 거두지 않고 물었다.

"절대 속임수가 아닙니다. 제 목숨과 제 전 재산을 걸고 맹세합니다. 그 길은 평소 풍수지리에 관심이 많은 저와 이 산에서 평생을 살아온 늙은 사냥꾼 몇 명 외에는 아는 이가 거의 없습니다. 더구나 조선군 지휘관 박진이나 휘하 군관도 이런 비밀 통로의 존재를 절대로 알지 못할 것입니다. 부디 제 정보를 믿어 주십시오."

김 진사는 살려 달라는 듯 바닥에 머리를 박고 필사적으로 자신의 정보가 진실임을 호소했다.
고니시는 잠시 이토와 의미심장한 눈빛을 교환했다. 속임수일 위험 부담도 있었지만, 현재의 답답한 상태를 타개하기 위해서는 과감한 결단이 필요했다. 그리고 김 진사의 구체적인 정보는 거짓이라고 보기 어려웠다. 만약 이 정보가 사실이라면, 작원관 전투를 승리로 끝내고 한양으로 가는 길을 활짝 열 수 있을 터였다. 고니시는 마침내 결심을 굳혔다.

같은 시각, 아몽 앞에 홍섭이 당황한 얼굴로 서 있다. 그는 아몽의 호칭을 장군에서 다시 군관으로 바꿔 불렀다.

"군관님, 김 진사를 찾을 수가 없습니다. 진영 어디에도 모습이 보이지 않고, 그의 짐 보따리마저 사라졌습니다."

아몽의 얼굴이 돌처럼 차갑게 굳어졌다. 김 진사 소재 파악을 다시 지시했지만, 결과는 달라지지 않았던 것이다. 동쪽 계곡길에 관한 거짓 소문을 퍼뜨린 김 진사의 마지막 행적은 그의 불길한 예감을 현실로 만들었다.

"역시 내 예상이 맞았구나. 그자가 왜군에게 투항하여 우리의 등 뒤에 칼을 꽂으려 하는구나. 그리고 필시 우리의 허를 찌를 결정적인 정보를 넘겼을 것이다."

아몽의 목소리는 깊은 절망과 분노로 낮고 무겁게 가라앉았다.

"그렇다면 내일 전투는 상상 이상으로 어려워질 것입니다. 그자는 이 지역의 지형, 특히 우리가 미처 신경 쓰지 못했거나 아예 존재조차 몰랐을 만한 샛길에 대해 너무나 잘 알고 있으니."

홍섭의 얼굴에도 핏기가 가셨다. 아몽은, 김 진사가 일부러 흘린 '동쪽 계곡길' 정보는 병사들을 교란하기 위한 미끼이며, 그가 진짜 왜군에게 팔아넘겼을 정보는 극소수만이 아는 길임을 직감했다. 워낙 험준하여 설마 거기로 적이 넘어오리라고는 생각지 못했기에 방비가 가장 허술한 곳일 수 있었다. 김 진사가 일부러 동쪽을 언급하며 조선군의 주의를 분산시키려는 교활한 계략을 편 것이 분명했다. 아몽의 보고를 받은 박진 부사도 그 점을 특히 우려했다.

"전 병력에게 즉시 전파하라. 내일은 목숨을 건 최후의 결전이 될 것이다. 특히 얼마 남지 않았지만 예비 병력 일부라도 떼어 불시의 공격이 예상되는 쪽으로 급히 이동시켜라. 어떻게든 시간을 벌어야 한다. 한시가 급하다."

박진의 다급한 명령이 빠르게 전달되었지만, 상황은 절망적이었다. 이미 조선군의 병력은 절대적으로 부족했고, 치열한 전투로 살아남은 병사들마저 모두 녹초가 되어 있었다. 남은 가용 인원만으로는 어디인지 예측하기 어려운 방어선까지 완벽하게 막아내기에는 역부족이었다. 김 진사의 비열한 배신과 교활한 계략은 이미 조선군의 방어 태세에 치명적인 균열을 만들고 말았다.

깊은 밤, 절망의 그림자가 작원관을 뒤덮고 있었다. 풍전등화였다. 작원관의 밤하늘은 먹물을 뿌린 듯 짙었고, 별빛 한 점 찾아볼 수 없다. 진영 한구석, 차가운 바위벽에 등을 기댄 춘삼은 타다 남은 나뭇가지 몇 개를 간신히 모아 희미한 불빛을 피워 올렸다. 가물거리는 작은 불씨는 그의 고단함을 위태롭게 비췄다. 그는 거칠고 투박한 손으로 품속에서 소중하게 간직해 온 누렇게 바랜 종이 조각을 꺼내 펼쳤다. 여러 번 접었다 편 자국이 선명했고, 한쪽 모서리는 닳아서 금방이라도 찢어질 듯 위태로워 보인다. 춘삼은 품속에서 작은 휴대용 먹통을 꺼내 침을 섞어 손가락으로 조심스럽게 먹물을 풀었다. 그의 손끝이 가늘게 떨려왔다. 눈을 감자, 머릿속에는 피신해 있을 아들의 얼굴이 선명하게 떠올랐다. 어릴 적,

등에 업혀 천진하게 웃던 모습, 소년이 되어 처음 활을 잡고 서툴지만 진지하게 시위를 당기던 늠름한 모습이 파노라마처럼 교차했다. 먹먹한 슬픔과 애틋한 그리움이 그의 메마른 가슴을 저미었다. 그의 곁에서 밤새 함께 불침번을 서던 동료 칠복이가 불안한 눈빛으로 어둠이 깔린 적진 쪽을 살피다, 춘삼의 모습을 보고 퉁명스럽게 물었다.

"이 야밤중에 불은 뭣 하러 켜고, 종이 나부랭이는 또 뭣이오. 저 지긋지긋한 왜놈들이 또 개미 떼처럼 몰려올 텐데, 잠이나 한숨 더 자두는 것이 낫지 않겠나."

칠복의 목소리에는 전투와 경계 근무로 인한 극심한 피로와 내일에 대한 깊은 불안감이 뒤섞여 있었다. 그는 자리에서 일어나 뻐근한 허리를 두드리며 주변을 한 바퀴 돌아보았다. 여기저기서 부상병들의 끊이지 않는 신음 소리와, 병사들이 무기를 정비하며 내는 금속성 소리가 스산한 밤공기 속에 스며들었다. 마지막이 될지도 모른다는 불길한 예감이 진영 전체를 무겁게 짓누르고 있었다. 춘삼은 멍한 눈빛으로 희미하게 웃으며, 갈라진 목소리로 답했다.

"혹시 내가 살아서 돌아가지 못할까 봐. 내 새끼한테 마지막으로 글월이라도 한 장 남겨야 하지 않겠나 싶어서."

그의 목소리는 애써 담담했지만, 눈가에 맺힌 이슬은 감출 수 없었다. 칠복은 무언가 말을 건네려다, 차마 입을 열지 못하고 다시 그의 곁에 털

썩 주저앉았다. 그에게도 눈에 밟히는 처자식이 있었다. 전쟁터에서 내일을 기약할 수 없는 불안한 처지는 여기 있는 모두가 마찬가지였다. 그는 말없이 춘삼의 어깨에 자신의 어깨를 묵직하게 기댔다. 흔들리는 작은 불빛 아래, 두 사내의 고단하고 외로운 그림자가 길게 늘어져 서로에게 희미한 위안이 되어 주었다. 춘삼은 떨리는 손으로, 그러나 한 자 한 자에 온 마음을 담아, 투박하지만 진심 어린 마지막 편지를 써 내려갔다.

"사랑하는 내 아들아, 못난 아비다. 적들이 검은 구름처럼 몰려와 밤낮으로 죽기 살기로 싸웠다만, 이제 아비는 힘이 다했구나. 내일은 또 어찌 될지 하늘만 아실 일이다. 우리 집안은 대대로 이 땅에 뿌리내리고 살아왔고, 또한 나라의 은혜를 입었으니, 이처럼 나라가 위태로운 환란에 목숨을 바쳐 싸우는 것이 이 아비가 할 수 있는 마지막 도리일 것이다. 나는 죽기를 각오했다. 그러니 너는 부디 네 어미 잘 보살피고, 어떤 일이 있더라도 꿋꿋하게 살아남아, 우리 가문의 대를 잇고 조상님 제사를 끊기지 않도록 해야 한다. 전쟁 마당이라 정신이 없어 더 길게 쓰지 못함을 용서해다오. 부디 살아남거라. 못난 아비가."[12]

글씨는 서툴고 삐뚤빼뚤했지만, 그 안에는 평생 무뚝뚝하고 표현에 서툴렀던 아버지의 뜨겁고 절절한 부정이 고스란히 녹아 있었다. 춘삼은 잠시 자신이 쓴 글을 물끄러미 바라보다가, 옆에 앉은 칠복에게 들릴 듯 말 듯 나직이 말을 이었다.

"네 어미는 항상 내가 말수가 너무 적고 무뚝뚝하다고 타박했었지. 지금 와서 생각하니, 살아 있을 때 더 많은 말을 해 주고, 더 많이 안아 줄 걸 그랬다는 후회가 드는구나. 네가 처음 태어났을 때 온 세상을 다 얻은 것처럼 기뻤는데. 그 마음을 한 번도 제대로 표현해 주지 못했구나. 이 못난 아비를 부디 용서하거라."

그의 목소리가 미세하게 흔들리며 끝내 울먹임으로 변했다. 칠복은 옆에서 담뱃대 끝을 내려놓고, 애써 먼 산 쪽으로 고개를 돌렸다. 자기도 모르게 눈시울이 뜨거워지는 것을 느꼈다. 춘삼은 편지를 곱게 접어, 마치 세상에서 가장 소중한 보물을 다루듯 품속 가장 깊은 곳, 심장이 뛰는 곳에 넣었다. 그의 주름지고 거친 손가락이 편지가 들어 있는 가슴팍을 몇 번이고 애틋하게 어루만졌다. 그것은 아들에게 보내는 마지막 인사였고, 또한 죽음을 담담히 받아들이는 마지막 의식이기도 했다.

"아주 길고 힘든 날이 될 테니."

춘삼은 나직이 중얼거리며 모닥불 옆에 돌아누워, 아무것도 보이지 않는 칠흑 같은 밤하늘을 말없이 올려다보았다. 어디선가 밤새가 처량하게 우는 소리가 들려왔고, 바람에 부러진 화살통이 나무에 부딪히는 스산한 소리가 그의 귓가에 맴돌았다.

한편, 그 시각 먼 산 건너편 왜군 진영에서는 밤이 깊도록 횃불이 환하게 타오르고 있었다. 장수들이 모여 마지막 작전 회의를 하는 막사에서는 김 진사가 넘긴 절벽 뒤 샛길 정보에 대한 최종 확인과 기습 작전 계획 수립이 완료되었다. 밤새 험준한 산길을 직접 정탐하고 돌아온 정찰병들은 김 진사의 정보가 정확하며, 절벽 등반이 어렵지만 불가능하지 않음을 보고했다. 고니시는 지체되는 북진 일정 때문에 타들어 가는 초조함을 더 이상 감추지 않았다. 작원관은 예상보다 훨씬 더 단단했고, 조선 병사들의 저항은 상상을 초월할 정도로 필사적이었다. 그는 지도를 펼쳐 놓고 손가락으로 작원관 능선 부근을 강하게 짚었다.

"여기가 김 진사 놈이 말한 절벽 뒤 사냥꾼 길이렷다. 정찰 결과, 정예병이라면 충분히 등반이 가능하다고 했지."

이토가 마침내 찾아온 반격의 기회에 흥분한 목소리로 고개를 끄덕였다.

"그렇소이다. 매우 가파르고 험준하지만, 날쌔고 용맹한 정예병이면 은밀하게 오를 수 있을 것이오. 김 진사의 말대로 조선군 놈들은 이 후면 절벽 쪽으로는 전혀 경계하지 않고 있을 것이니, 기습만 성공한다면 허를 찌르는 것은 식은 죽 먹기일 것이오."

고니시의 눈이 번뜩이는 살기로 가득 찼다.

"아주 좋다. 동이 트기 직전 안개가 가장 짙게 깔리는 시간을 노린다. 이토, 그대가 정예 별동대를 직접 이끌고 김 진사가 알려준 절벽 뒤 샛길로 신속하게 우회하여 조선군의 배후를 기습한다."

그의 입가에 마침내 잔인하고 차가운 미소가 만족스럽게 스쳐 지나갔다.

"동시에, 주력 부대는 정면에서 이전보다 훨씬 더 강력한 총공격을 감행해 조선군의 주의를 완벽하게 끌어야 한다. 이번에야말로 저 지긋지긋한 작원관의 목책을 완전히 부수고 한양으로 가는 길을 열 것이다. 실패는 용납하지 않는다."

고니시의 단호하고 결연한 명령이 떨어지자, 막사 안에 있던 모든 부대장이 일제히 땅에 머리가 닿을 듯 허리를 깊숙이 굽혀 명령을 받들었다. 그들은 즉시 각자의 부대로 돌아가 앞으로 있을 총공격과 기습 작전 준비에 박차를 가했다. 병사들은 날카롭게 무기를 갈고 닦았고, 화약을 점검하며 마지막 전투를 준비했다. 비록 교착 상태였지만, 이번만큼은 조선인 배신자가 알려준 '비밀 통로' 덕분에 승리를 확신하고 있었다. 그들의 눈빛에는 다시 오만함과 잔인한 살육에 대한 기대감이 넘실거렸다. 그만큼 작원관에 드리워진 죽음의 그림자는 점점 더 짙어지고 있었다.

새벽이 밝아 오기 직전, 산등성이를 타고 흘러내린 짙고 축축한 안개가 작원관 일대를 다시 한번 하얀 침묵의 장막으로 뒤덮었다. 사방은 귀뚜라미 소리마저 멎은 듯 섬뜩한 정적에 잠겨 있다. 바로 그 깊은 적막과 안개 속에서, 왜군의 정예 별동대가 유령처럼 움직이기 시작했다. 군장을 최소화하고 발소리를 죽이기 위해 신 바닥에 천을 덧대고, 심지어 입에 재갈까지 문 날렵한 병사들이 이토의 날카로운 눈빛 아래, 김 진사가 알려 준 절벽 뒤편의 힘하고 가파른 사냥꾼 길을 조심스럽게 기어올랐다. 안개는 그들의 은밀한 침투를 완벽하게 가려 주었다. 날카로운 바위 모서리에 손바닥이 찢겨 피가 흘렀고, 미끄러운 이끼와 젖은 흙 때문에 몇 번이나 아찔하게 미끄러졌으며, 가시덤불에 군복이 갈기갈기 찢겨 나가 무릎과 팔꿈치가 까져 피투성이가 되었지만, 그들은 짐승 같은 인내심으로 신음 하나 내지 않고 묵묵히 전진했다.

"절대 소리를 내서는 안 된다. 돌멩이 하나라도 굴리는 자는 즉시 목을 벨 것이다. 발밑을 조심하고, 앞 사람의 발자국만 따라 이동하라."

이토의 얼음처럼 차갑고 낮은 속삭임이 안개 속에 스며들었다. 발을 헛디뎌 돌멩이라도 굴리는 날에는 모든 것이 수포로 돌아갈 뿐만 아니라, 전멸당할 수도 있었다. 그들은 숨 막히는 긴장감 속에서 한 걸음 한 걸음, 마치 거미처럼 절벽에 달라붙어 필사적으로 타고 올랐다. 동이 트기 직전의 가장 어두운 시간, 마침내 별동대는 작원관 후방 절벽 정상에 도달하는 데 성공했다. 안개 사이로 조심스럽게 내려다본 조선군의 후방 진영은 예상했던 대로 경계가 허술했다. 간간이 창을 든 보초병들이 보였지만, 그들은 모두 피로에 지쳐 꾸벅꾸벅 졸고 있거나, 짙은 안개만 낀 정면을 멍하니 바라보고 있을 뿐이다. 병력이 크게 부족해 절벽길 습격에 대해 손을 쓸 여력이 없어 보였다. 이토의 입가에 잔인한 미소가 걸렸다.

바로 그 시각, 작원관 정면에서는 왜군의 주력 부대가 계획대로 총공세를 개시했다. 이전 전투보다 훨씬 더 많은 수의 조총 부대가 전면에 빽빽하게 배치되었고, 그들은 지축을 울리는 요란한 북소리와 하늘을 찢는 듯한 함성과 함께 일제히 불을 뿜기 시작했다.

"콰과과광. 탕. 탕. 탕. 타타타타탕."

수백, 아니 천 자루는 족히 넘어 보이는 조총이 동시에 뿜어내는 굉음과 섬광, 그리고 전장을 뒤덮는 자욱한 화약 연기가 새벽의 정적을 산산조각 내며 작원관의 목책을 격렬하게 두드렸다. 마치 거대한 폭풍우가 몰아치는 듯했다. 조선군의 시선은 당연히 정면의 압도적인 공격에 집중될 수밖에 없었다. 밤새 선잠을 자며 불안감에 시달렸던 아몽은 요란한 총성과 함성에 급히 뛰쳐나와 정면 상황을 살폈다. 짙은 안개 속에서 쏟아지는 왜군의 맹렬한 공격에 그는 급히 병력을 재배치하고 방어를 독려했다. 급습에 대한 불길한 예감이 뇌리를 계속 맴돌았지만, 당장 눈앞에서 벌어지는 지옥도를 막아내는 것이 급선무였다.

"활 부대! 최대한 침착하게 조준하라. 적 지휘관과 깃발을 든 놈들, 그리고 조총을 장전하는 놈들을 집중해서 노려라. 남은 돌과 통나무를 아끼지 말고 퍼부어라."

그의 다급하고 절박한 명령이 혼란스러운 전장에 울려 퍼졌다. 병사들은 본능적으로 각자의 위치를 잡고 떨리는 손으로 활시위를 당겼다. 의병들도 각자 손에 잡히는 모든 것들을 무기 삼아, 비장한 각오로 전열에 합류했다. 그 속에는 마지막 편지를 품에 안고 결연한 표정을 짓고 있는 춘삼과, 굵은 땀방울을 흘리며 창을 고쳐 잡는 칠복, 그리고 두려움을 애써 누르며 낫자투를 난난히 움켜쥔 홍섭노 있었다. 동틀 무렵, 왜군의 공격은 광기에 가까울 정도로 절정에 달했다. 그들은 끊임없이 조총 사격을 퍼부으며 파상공세를 펼쳤다. 목책 곳곳이 총탄에 맞아 부서져 나갔고, 불화살이 날아와 여기저기 불길이 치솟기 시작했다.

"막아라. 저 악귀들을 단 한 놈도 살아서 들여보내지 마라."

아몽은 직접 칼집에서 번쩍이는 칼을 뽑아 들고 최전선에서 병사들을 독려하며 포효했다. 벼랑길에서 처절하고 격렬한 백병전이 다시 벌어졌다. 양군 병사들의 처절한 함성과 죽어 가는 이들의 마지막 비명이 뒤엉켜 전장은 순식간에 인간 도살장, 생지옥으로 변했다. 왜군은 압도적인 수적 우위를 앞세워 무자비하게 밀어붙였고, 마침내 목책의 여러 군데가 무너졌다. 왜군들이 함성을 지르며 쏟아져 들어오기 시작했다. 아몽은 직접 선두에 서서 무너진 목책 틈으로 밀고 들어오는 적을 향해 칼을 휘둘렀다. 그의 갑옷은 이미 여기저기 찢어지고 피로 얼룩졌지만, 두 눈은 조금도 흔들리지 않고 결연한 투지로 불탔다.

"여기가 조선의 땅이다. 우리의 무덤이 될지언정, 단 한 걸음도 물러설 수 없다. 물러서면 우리 모두 죽음뿐이다. 싸워라."

그의 절규에 가까운 외침에, 죽음의 공포에 질려 잠시 주춤하던 조선군은 다시 한번 마지막 남은 용기를 쥐어짜 필사적으로 저항했다. 화살은 더욱 빠르게 시위를 떠났고, 마지막 남은 돌덩이들은 더욱 정확하게 적의 머리 위로 굴러떨어졌다. 창과 칼은 부러질 때까지 적의 심장을 향해 휘둘렀고, 녹슨 농기구조차 날카로운 발톱을 드러낸 맹수의 무기가 되었다.
바로 그때였다. 모두가 정면의 격전에 모든 정신을 쏟고 있던 바로 그 순간, 작원관 후방 절벽 위, 짙은 안개 속에서 섬뜩한 미소를 지으며 때를 기다리던 이토와 별동대원들이 마침내 움직였다. 조선군은 등 뒤에서

서서히 다가오는 죽음의 그림자를 전혀 눈치채지 못하고 있었다. 김 진사의 비열한 배신은 완벽하게 성공했고, 그의 교란책은 치명적인 효과를 발휘했다. 이토는 번뜩이는 눈빛으로 허리에서 길고 날카로운 검을 뽑아 높이 쳐들었다.

"지금이다. 돌격하라. 조선 놈들에게 우리의 무서움을 똑똑히 보여 줘라."

이토의 칼끝이 아래로 향하자, 그와 동시에 절벽 위에서 터져 나온 왜군 별동대의 기습 함성이 작원관 전체를 뒤흔들며 조선 병사들의 간담을 서늘하게 만들었다. 절벽 위에서 빗발처럼 쏟아지는 조총 세례와 함께, 왜군 별동대 병사들이 미리 준비한 밧줄을 타고 순식간에 내려왔다. 일부는 절벽의 돌출부와 나무뿌리를 맹수처럼 밟고 뛰어내리며 순식간에 조선군의 등 뒤를 덮쳤다. 그들은 마치 하늘에서 떨어진 검은 재앙과 같았다. 이 기습 공격에 조선군 진영은 순식간에 통제 불능의 아수라장으로 변했다. 박진 부사와 아몽이 밤새도록 불안해하며 우려했던 최악의 상황이 현실로 벌어진 것이다.

"뒤에서 적이 들어왔다. 배신이다. 김 진사 그놈이."

아몽이 급히 일부 병력을 뒤로 돌려 방어선을 구축하려 했지만, 이미 때는 너무 늦었다. 왜군 별동대는 너무나 빠르고 치명적이었다. 등 뒤에서 날아오는 총알과 화살에 수많은 병사가 자신이 왜 죽는지도 모른 채 비명을 지르며 쓰러져 나갔다. 왜군은 이미 혼란과 공포에 빠진 조선군 병사들을 마치 양을 도살하듯 무자비하게 베고 찌르며 진영 깊숙이 파고들어 방어선을 유린했다. 공포에 질린 병사들의 처절한 비명이 안개 속으로 속절없이 흩어졌다.

이처럼 절망적인 상황 속에서도, 조선 병사들의 마지막 저항은 눈물겹도록 처절했다. 배 대장장이는 쇠스랑을 마치 풍차처럼 휘두르며 달려드는 왜군 두셋을 동시에 때려눕혔고, 홍섭을 비롯한 의병들은 낫과 곡괭이, 심지어 부러진 창날 조각까지 손에 잡히는 대로 들고 달려들어 필사적으로 앞을 막아섰다. 칠복은 나무 방패로 자신과 동료들에게 날아드는 화살과 총탄을 막아 내며, 굵고 긴 창을 마치 분노한 들소처럼 휘둘러 달려드는 왜군들을 밀쳐 냈다. 춘삼은 동료들을 향해 소리쳤다.

"정신 차려라. 여기서 무너지면 다 죽는다. 한 놈이라도 저승으로 더 끌고 가자."

홍섭은 팔뚝에 칼을 깊숙이 베여 피가 분수처럼 솟구쳤지만, 고통을 느낄 겨를조차 없었다. 옆에서 함께 어깨를 맞대고 싸우던 동료들이 비명을 지르며 하나둘 쓰러져 가는 것을 보며 그는 더욱 이를 악물었다. 분노와 슬픔, 그리고 극도의 공포가 뒤섞여 눈앞이 잠시 흐려지는 듯했지만, 그는 더 세차게 부러진 낫을 휘둘렀다.

"죽여라. 저 피에 굶주린 왜놈 악귀들을 모조리 죽여라. 원수들."

그의 목소리는 이미 쉬어 터져 갈라졌지만, 그의 처절한 외침에 용기를 얻은 주변의 의병들이 다시 한번 마지막 힘을 쥐어짜 함성을 지르며 왜군에게 달려들었다. 하지만 기울어진 전세를 되돌리기에는 역부족이었다. 정면과 후방에서 동시에 밀려드는 왜군의 거센 파상공세 앞에 조선군의 방어선은 속절없이 무너져 내렸다. 아몽은 어떻게든 흩어지는 병사들을 모아 전열을 재정비하려 애썼다.

"흩어지지 마라. 원형으로 방어진을 짜라. 서로 등을 맞대고 버텨라. 버텨야 산다."

남은 병사는 본능적으로 서로 등을 맞대고 원형으로 겹겹이 진을 쳤다. 사방에서 밀려드는 적을 동시에 상대하려는 최후의 저항이었다. 아직 부사와 아몽의 지휘 아래 최소한의 통제력을 유지했지만, 이 상태로 얼마나 더 버틸 수 있을지는 아무도 알 수 없었다. 시간은 조선군의 편이 아니었다. 아몽은 끊임없이 원형진 안팎을 오가며 칼을 휘두르고, 쓰러지는 병사들을 일으켜 세우며 방어선을 재정비하려 안간힘을 썼다. 하지만 조선군의 체력과 정신력은 이미 한계에 달했고, 그나마 남아 있던 화살과 투석용 돌마저 바닥을 드러냈다. 결국, 왜군의 집요하고 집중적인 공격에 원형진의 가장 약한 한쪽이 맥없이 무너져 내렸다. 절망적인 비명이 사방에서 터져 나왔고, 그 벌어진 틈으로 기다렸다는 듯이 왜군들이 함성을 지르며 쏟아져 들어왔다. 조선군은 완전히 갈 곳을 잃고 공포에 질려 우왕좌왕하기 시작했다. 전장은 이제 통제 불능의 아비규환, 그 자체였다.

아몽의 얼굴이 창백하게 질렸다. 패배는 이제 돌이킬 수 없는 현실이었다. 이대로라면 전멸을 피할 수 없었다. 그 순간, 그의 귓가로 며칠 전 꿈속에서 들었던 어렴풋한 '꿈속 왕'의 목소리가 다시 환청처럼 선명하게 들려오는 듯했다.

'죽음을 두려워 말고 나라를 위해 싸우라 명하였으나 이처럼 무모하고 헛된 죽음까지 바란 것은 아니었다. 살아남아 후일을 도모하는 것 또한 충성스러운 장수의 중요한 책무이니라.'

아몽은 잠시 망설였다. 여기서 부사와 부하들과 함께 끝까지 싸우다 장렬히 전사하는 것이 무장으로서 명예로운 길인가, 아니면 비록 패장의 오명을 쓰더라도 살아남아 훗날 다시 군사를 일으켜 복수를 다짐하는 것이 진정 나라를 위한 길인가. 짧은 순간, 그의 가슴속에서 수많은 생각과 감정이 격렬하게 충돌하며 그를 옥죄었다. 그러나 그는 마침내 고통스러운 결단을 내렸다. 이대로 여기서 모두 개죽음을 당하는 것은 아무런 의미가 없었다. 살아남아야 했다. 살아남아서 이 치욕을 갚아야 했다. 그는 부사에게 간곡히 말했다. 박진은 아몽의 말을 듣고는 고개를 끄덕였다. 그를 평소에 신뢰하고 있었고, 현재 전황이 아몽의 의견에 더욱더 무게를 실었다.

"퇴각하라. 전원 퇴각하라. 모두 흩어져 살아남아라. 살아서 후일을 도모하라."

박진의 피 맺힌 절규와 같은 퇴각 명령이 마침내 떨어졌다. 그 명령에 따라, 일부는 본능적으로 살길을 찾아 강가로, 혹은 더 깊은 산속으로 흩어져 필사적으로 달아나기 시작했다. 그러나 많은 병사는 이미 퇴각 명령을 들을 수 없는 상태였거나, 들었어도 따르지 못했다. 그들에게는 물러설 곳이 없었다. 쓰러진 동료들의 시체를 넘고 넘어, 마지막 한 사람까지 싸우다 장렬하게 죽어갔다. 그들의 마지막 외침은 사랑하는 가족의 이름이거나, 빼앗긴 고향 땅에 대한 절규였다.

아수라장 속에서, 황소처럼 튼튼했던 칠복은 무너진 목책 잔해 앞에서 끝까지 버티며 피 묻은 창을 미친 듯이 휘둘렀다. 그의 발밑에는 이미 왜군 대여섯 명이 피를 흘리며 쓰러져 있었지만, 끊임없이 파도처럼 밀려오는 적들 앞에 그의 강철 같던 힘도 점점 빠져나갔다. 그의 팔과 어깨, 옆구리에는 이미 여러 개의 깊고 끔찍한 상처가 나 있었고, 이마에서 흘러내리는 피가 눈을 가려 시야를 흐릿하게 만들었다. 숨은 턱까지 차올랐고, 팔은 더 이상 들어 올리기 힘들 정도로 무거웠다.

"이 더러운 왜놈 잡귀들아. 썩 네놈들 나라로 돌아가라. 여긴 신성한 우리 땅이다. 네놈들이 함부로 짓밟을 곳이 아니란 말이다."

칠복의 마지막 고함 소리가 전장을 가득 울렸으나, 공허한 메아리로 흩어질 뿐이었다. 그의 처절한 외침을 비웃기라도 하듯, 사방에서 달려든 왜군들의 날카로운 칼과 창이 그의 온몸을 무자비하게 꿰뚫었다.

"컥."

손에서 창이 힘없이 떨어지고, 그는 산처럼 버티고 서 있던 자세 그대로 천천히 무릎을 꿇었다. 온몸의 피가 빠져나가며 싸늘한 감각이 온몸을 휘감는 속에서도, 그의 두 눈만은 마지막까지 굴하지 않고 분노와 투지로 이글거렸다. 그는 마지막 남은 힘을 다해 고개를 들어, 자신이 평생을 바쳐 지키려 했던 먼 뜰을 바라보았다.

"우리 고향, 여보, 아이들아, 미안하다."

그의 갈라진 입술 사이로 마지막 말과 함께 왈칵 검붉은 피가 쏟아져 나왔다. 그리고 그대로 앞으로 고꾸라져 차가운 땅에 쓰러졌다. 그의 두 눈은 마지막 순간까지 부릅뜬 채였다. 바로 옆에서 둘도 없는 전우의 처참한 최후를 지켜보던 춘삼은 피눈물을 흘리며 분노로 온몸을 떨었다. 그는 이미 화살이 다 떨어진 빈 활을 내던지고, 옆에 쓰러진 병사의 칼을 주워 들었다. 그리고 이성을 잃은 듯 미친 듯이 칼을 휘두르며 칠복을 찌른 왜군들에게 달려들었다. 죽음을 각오한 거센 기세에 눌려 왜군 두엇이 비명을 지르며 쓰러졌다. 하지만 수적으로 압도적인 적에게 그의 저항은 오래가지 못했다. 그는 문득 품속에 고이 간직한 아들의 편지를 떠올렸다. 아들의 환한 얼굴이 떠올랐다.

"아. 아들아. 용서해라. 이 못난 아비가 더 이상 너를."

그의 희미한 중얼거림은 사방에서 터져 나오는 요란한 조총탄 소리에 묻혀 버렸다. 바로 그때, '퍽' 둔탁하고 기분 나쁜 소리와 함께 등 뒤에서 날아온 탄환이 그의 가슴 정중앙을 관통했다. 갑작스러운 충격과 상상할 수 없는 고통에 춘삼은 제대로 된 비명조차 지르지 못했다. 그저 믿을 수 없다는 듯, 놀란 눈으로 희뿌옇게 밝아 오는 하늘을 멍하니 바라볼 뿐이었다. 그의 손에서 칼이 힘없이 떨어졌고, 몸이 천천히 뒤로 쓰러졌다. 차가운 땅바닥에 쓰러진 춘삼의 희미해져 가는 눈으로 작원관의 하늘이 들어왔다. 어디선가 불어온 달콤한 강바람이 그의 피 묻은 얼굴을 부드럽게 스치고 지나갔다. 그는 마지막 남은 힘을 다해, 아들에게 보내는 편지가 담긴 가슴팍을 한 번 더 어루만졌다. 그리고 이내 조용히 숨을 거두었다. 그의 얼굴에는 아주 희미한 미소가 걸려 있었다.

홍섭은 낫 손잡이를 단검처럼 꽉 움켜쥔 채, 정신없이 강기슭을 향해 달리고 또 달렸다. 다른 생각은 할 겨를이 없었다. 오직 살아야 한다는 본능만이 그의 몸을 움직였다. 그의 머릿속에는 오직 멀리 피신해 있을 가족들의 얼굴만이 맴돌았다. 따뜻하고 자애로운 아내 순양과 눈에 넣어도 아프지 않을, 해맑게 웃는 어린 아들 민기. 그들을 다시 보기 위해, 그는 본능적으로 가장 빨리 이곳을 벗어날 수 있는 퇴로를 찾아 필사적으로 달렸다. 바로 옆에서 함께 싸우던 동료들이 비명을 지르며 쓰러지고, 쇠스랑을 휘두르며 용감하게 버티던 배 대장장이가 왜군의 조총에 맞아 힘없이 고꾸라지는 것을 보았다. 평화로울 때 막걸리 잔을 기울이며 함께 웃고 떠들었던 정든 이웃들이었다. 그들의 처참한 죽음을 뒤로하고 혼자 살겠다고 도망치는 자기 모습에 참을 수 없는 죄책감이 파도처럼 밀려왔지만, 홍섭의 발걸음은 오히려 더욱더 빨라졌다. 살아야 한다. 살아서 이 참혹한 진실을 알려야 한다. 그리고 언젠가, 반드시 이 원수를 갚아야 한다. 죄책감과 생존 본능, 그리고 불타는 복수심이 그의 가슴속에서 격렬하게 뒤섞였다. 그는 달렸다. 넘어져도 다시 일어나 달려야만 했다. 등 뒤에서 왜군들이 추격하며 내는 고함과 조총 발사 소리가 점점 더 가깝게 들려왔다.

"살아남아야 해. 살아남아서 반드시."

그의 숨소리는 폐가 터질 듯 거칠었고, 온몸은 땀과 피, 그리고 흙먼지로 범벅이 되었다. 다리에 힘이 풀려 몇 번이고 땅바닥에 고꾸라질 뻔했지만, 그는 이를 악물고 멈추지 않았다. 마침내 강가의 무성한 갈대밭이 눈앞에 희미하게 보였다. 조금만 더, 조금만 더 가면 저 숲에 몸을 숨겨 위기를 넘길 수 있을 것 같았다. 희망이 보였다. 바로 그때였다. 극도의 공포와 분노, 그리고 탈진으로 정신이 거의 아득해질 무렵, 그의 등 뒤에서 살을 에는 듯 날카롭고 차가운 통증과 함께 무언가 뜨겁고 끈적한 것이 등줄기를 타고 울컥 솟구쳐 올랐다. 그를 바짝 추격해 온 왜군 병사가 휘두른 칼이었다. 갑작스럽고 치명적인 고통에 홍섭은 짧은 신음조차 제대로 내뱉지 못했다. 그저 믿을 수 없다는 듯, 바로 눈앞의 갈대를 향해 뻗었던 손을 거두지 못한 채, 놀란 눈으로 앞쪽을 멍하니 바라볼 뿐이었다.

"풀썩."

홍섭은 마치 실이 끊어진 인형처럼 힘없이 차가운 강변의 진흙 바닥으로 쓰러졌다. 그의 눈앞이 순간적으로 하얗게 물들더니, 이내 시야가 흐려지며 하늘과 땅이 빙글빙글 돌았다. 귓가에 아득하게 맴돌던 전장의 비명과 고함 소리가 점차 희미해지며 멀어져 갔다. 목구멍으로 뜨겁고 비릿한 피가 계속해서 역류했다. 차갑고 축축한 죽음의 그림자가 그의 온몸을 감쌌다. 희미해져 가는 의식 속에서, 그의 짧았던 인생의 아련한 기억들이 마치 파노라마처럼 빠르게 스쳐 지나갔다. 아내 순양의 따뜻했던 미소, 아들 민기가 처음 '아버지'라고 불렀을 때의 벅찬 감동, 고향 깐촌 마을의 정겹고 평화로웠던 풍경들. 그리고 조금 전까지 함께 싸우다 눈앞에서 쓰러져 간 동료의 얼굴들.

"순양아 민기야 용서해다오. 이 못난 아비는 여기까지인가 보다."

홍섭은 의식을 붙잡으려 안간힘을 다했다. 그의 눈은 희미하게 강 건너편, 사랑하는 가족들이 피신해 있을지도 모르는 먼 산자락을 향한 채 천천히 감겼다. 그의 손은 마지막까지 무언가를 간절히 움켜쥐려는 듯, 힘없이 흙바닥을 할퀴고 있었다.

가난했지만 함께여서
행복했던 날들

열여덟 살 봄, 마을 앞 감나무 아래서였다. 그날은 봄비가 내리다 그친 후라 공기는 맑고 촉촉했다. 마을 앞 커다란 감나무에는 새하얀 감꽃이 막 피었다. 홍섭은 장에서 돌아오는 길이었다. 아버지가 맡긴 소금을 가져오는 심부름이었다. 그때 그는 감나무 아래에서 꽃을 따고 있는 한 처녀를 보았다. 순양이었다. 홍섭은 그녀를 몇 번 본 적이 있었지만, 말을 건넨 적은 없다. 하얀 감꽃을 따서 실에 꿰던 순양. 햇살에 반짝이던 까만 눈동자와 수줍게 웃던 발그레한 볼. 첫눈에 반해 버렸다. 홍섭은 잠시 멈춰 서서 그녀를 바라보았다. 가슴이 두근거렸다. 용기를 내어 그녀에게 다가갔다. 흙 묻은 손을 바지에 문지르며 말을 건넸다.

"그 감꽃 고운데. 뭣 하는 거야."

갑작스러운 말에 순양은 깜짝 놀라 돌아보았다. 놀란 듯 동그래지던 그녀의 눈망울. 그녀는 잠시 당황하다가 수줍게 웃었다.

"꽃목걸이 만들고 있었어."

"아. 그래. 예쁘네."

홍섭은 더 이상 할 말을 찾지 못해 머뭇거렸다. 그런 그를 보며 순양은 조심스럽게 말을 이었다.

"홍섭이지. 송 씨 아저씨 아들"

"어. 맞아. 넌 순양이지. 장에서 몇 번 봤었어."

두 사람의 어색한 대화는 점점 자연스러워졌다. 홍섭은 순양을 도와 감꽃을 따 주었고, 함께 꽃목걸이를 만들었다. 순양이 홍섭의 목에 다 만든 목걸이를 걸어 주었을 때, 그는 얼굴이 붉어지는 것을 감출 수 없었다. 그날 이후, 홍섭은 자주 순양을 찾았다. 농사일을 마치고 강가를 거닐거나, 산에서 나물을 함께 뜯었다. 가난한 살림에 둘 다 바빴지만, 틈틈이 만나는 시간은 그 무엇보다 소중했다. 함께하는 시간이 늘어날수록, 두 사람 사이에는 풋풋한 설렘을 넘어선 깊은 감정이 싹텄다. 서로를 향한 눈빛은 더욱더 깊어졌고, 스치는 손길에는 이전과 다른 떨림이 담겼다.

어느 늦봄, 함께 산나물을 캐러 깊은 산 속에 들어갔을 때였다. 따사로운 햇살 아래 향긋한 풀 내음이 가득했고, 인적은 드물었다. 나물을 캐느라 흙이 묻은 순양의 볼을 홍섭이 무심코 털어주었다. 순간, 두 사람의 시선이 허공에서 얽혔다. 홍섭의 손길이 닿은 순양의 볼은 발갛게 달아올랐고, 그녀의 떨리는 숨결이 홍섭의 귓가에 느껴졌다. 홍섭은 자신도 모르게 순양에게 가까이 다가갔다. 그의 심장은 터질 듯 뛰었고, 이전에 느껴 보지 못한 강렬한 이끌림에 온몸이 뜨거워지는 것을 느꼈다. 용기를 내어 홍섭은 순양의 어깨를 감쌌다. 놀란 듯 움찔했던 순양은 이내 그의 품에 조용히 기댔다. 서로의 심장 소리가 고요한 산속에 울려 퍼졌다. 홍섭은 떨리는 손으로 순양의 손을 꼭 잡았다. 세상이 멈춘 듯, 오직 서로의 숨결과 체온만이 느껴졌다. 홍섭의 투박하지만 다정한 손길에 순양은 처음 경험하는 감정에 휩싸였다. 홍섭 역시 순양의 부드러운 목소리에 취한 듯 귀를 기울였다. 풀밭 위에 나란히 앉아 온전한 교감을 나누게 되었다. 처음의 어색함과 수줍음은 진심이 담긴 대화 속으로 녹아내렸고, 서로의 눈빛 하나하나에 온 신경을 집중하며 깊은 마음을 나누었다. 현실의 고됨도, 미래의 불안감도 그 순간만큼은 잊은 채, 오직 서로에게만 집중하며 마음을 확인했다. 두 사람의 진솔한 대화와 따스한 시선이 벅찬 감정을 만들어 냈다. 서로 마주 보는 눈과 마주 잡은 손, 그리고 입가에 번지는 짧은 미소는 사랑의 시작을 알리는 듯했다.

결혼을 허락받기까지 3년이 걸렸다. 가난한 두 집안이었지만, 정성껏 준비한 작은 혼례식은 마을 사람의 축복 속에 치러졌다. 그날, 붉은 치마 저고리를 입은 순양은 세상에서 가장 아름다웠다. 가난했지만 함께여서 행복했던 날들. 젊은 부부의 삶은 고되었다. 농지를 일구며 살아가는 것은 쉽지 않았다. 홍섭은 날이 밝기 전에 일어나 해가 질 때까지 쉬지 않고 일했다. 순양도 집안일과 농사일을 병행하며 남편을 도왔다. 모내기하며 주고받던 장난스러운 웃음소리는 삶에 생기를 주었다. 어느 더운 여름날, 논에서 모를 심을 때였다. 홍섭이 장난으로 순양에게 물을 튀기자, 그녀도 지지 않고 물을 튀겼다. 둘은 진흙탕 속에서 어린아이처럼 까르르 웃었다. 주변의 일꾼들도 덩달아 웃음을 터뜨렸다.

"아이고, 색시 얼굴에 흙이 다 묻었네."

홍섭이 장난스럽게 말하자, 순양은 눈을 흘기며 대답했다.

"당신도 똑같아요. 흙투성이예요."

둘은 서로의 얼굴을 보며 다시 한번 웃음을 터뜨렸다. 그런 순간들이 가난한 삶 속에서도 빛나는 보석 같았다. 고된 하루 일을 마치고 집으로 돌아오는 길, 말없이 잡아 주던 순양의 작은 손은 늘 따뜻했다. 아무 말 없이도 서로를 이해하는 그 순간이 얼마나 소중했던가. 그녀가 싸 준 주먹밥은 세상 어떤 진수성찬보다 맛있었다. 작은 보자기에 싸여 있는 주먹밥과 함께 담겨 있는 그녀의 정성이 느껴졌다.

"오늘은 메밀이 조금 들어갔어요. 어제 장에서 싸게 샀거든요."

순양의 수줍은 목소리와 함께 건네받던 주먹밥의 맛이 기억으로 늘 남았다. 민기가 태어나던 날. 결혼한 지 2년 만에 순양의 배가 불러 오기 시작했다. 홍섭은 더욱 열심히 일했다. 아내와 뱃속 아이를 위해 더 나은 살림을 만들고 싶었다. 그는 틈틈이 낡은 초가집을 수리했고, 아기가 누울 작은 요와 이불을 마련했다. 해산의 진통이 시작되던 날, 비가 억수같이 쏟아졌다. 홍섭은 마을의 산파를 모시러 비를 맞으며 달렸다. 온몸이 흠뻑 젖었지만, 그는 개의치 않았다. 오직 아내와 아이의 안전만이 중요했다. 진통은 하루 종일 계속되었다. 홍섭은 방 밖에서 초조하게 기다렸다. 해가 지고 어둠이 내려앉을 무렵, 마침내 아기의 울음소리가 들렸다. 그 순간의 기쁨은 말로 표현할 수 없었다.

"머시마여. 건강하게 태어났소."

산파의 목소리에 홍섭은 온몸에 힘이 빠지는 것을 느꼈다. 떨리는 다리로 방 안으로 들어가자, 지친 얼굴로 누워 있는 순양과 작은 이불에 싸인 붉은 얼굴의 아기가 보였다. 홍섭은 조심스럽게 다가가 무릎을 꿇고 앉았다.

"괜찮소. 많이 힘들었지."

순양은 희미하게 웃으며 고개를 흔들었다. 그녀의 이마에는 땀방울이 맺혀 있었지만, 눈빛은 행복으로 가득 차 있었다.

"보세요. 당신을 닮았어요."

홍섭은 조심스럽게 아기를 품에 안았다. 너무 작고 가벼워서 놀랐다. 온 세상을 다 가진 듯 기뻤다. 핏덩이 아들을 품에 안고 환하게 웃던 순양의 얼굴은 세상 무엇과도 바꿀 수 없는 보물이었다. 그는 아들의 작은 손가락을 만지며 속삭였다.

"민기야, 우리 아들. 건강하게 자라거라."

아이 이름은 미리 정해 두었다. 순양의 아버지가 지어 준 이름이었다. '민족의 터전이 되라'는 의미였다. 그날 밤, 홍섭은 처음으로 술을 많이 마셨다. 기쁨을 감출 수 없었다. 이후 민기는 건강하게 자라났다. 첫걸음마를 떼던 날, 첫 말을 배우던 때, 작은 괭이를 들고 아버지를 따라 밭에 나가던 모습까지. 민기의 성장은 가난한 부부에게 무한한 행복을 가져다주었다. 어느 날, 민기가 감기에 걸려 고열에 시달렸을 때, 홍섭은 밤새 아이를 안고 있었다. 약 한 첩 제대로 살 돈이 없어 산에서 약초를 캐 와 달인 물을 아이에게 먹였다. 순양은 눈물을 흘리며 기도했다.

"민기만 살려 주시면. 평생 감사하며 살겠습니다."

다행히 민기는 회복되었다. 그날 이후 홍섭은 더 열심히 일했다. 그 어떤 고된 일도 가족을 생각하면 힘이 났다. 밤이 깊도록 남의 일을 도와주고, 빚을 조금씩 갚아 나갔다. 자기 땅을 마련하기 위한 노력이었다. 순양도 틈틈이 삯바느질하며 살림에 보탰다. 때로는 밤을 새우기도 했지만, 그녀의 얼굴에서 불평을 찾아볼 수 없었다. 암퇘지를 키우는 것도 잊지 않았다. 그저 남편과 아들을 위한 따뜻한 미소만이 있었다.

"밤늦게까지 일하지 말고 좀 쉬시오."

홍섭이 걱정스레 말하면 순양은 고개를 가로저었다.

"괜찮아요. 민기 옷 만들어야 해요. 옷이 너무 낡아서요."

그렇게 식구의 작은 보금자리는 비록 가난했지만 사랑으로 가득 찼다. 남들보다 가진 것은 적었지만, 서로에 대한 마음만큼은 그 누구보다 부유했다. 그렇게 평화로운 나날이 이어지던 어느 날, 마을에 급한 소식이 전해졌다. 왜구가 침략했다는 것이었다. 처음에는 먼 이야기로만 여겨졌다. 그러나 날이 갈수록 전쟁 소식은 더욱 가까워졌고, 드디어 관아에서 장정들을 소집했다. 홍섭이 떠나는 날, 민기는 아버지 앞에 섰다.

"아버지, 언제 돌아오세요."

민기의 물음에 홍섭은 잠시 말을 잊었다. 그는 아들의 머리를 쓰다듬으며 어렵게 대답했다.

"곧 돌아올게. 마을 바로 옆에 있는 작원잔도로 간단다. 그동안 어머니 말씀 잘 듣고, 집안일도 도와야 한다."

민기는 고개를 끄덕였지만, 그의 눈에는 불안함이 스쳐 지나갔다. 아이의 예민한 감각은 이별의 무게를 느끼고 있었다. 순양은 말없이 옆에 앉아 있었다. 그녀의 눈가에는 눈물이 맺혔지만, 홍섭 앞에서는 강한 척하려 했다. 그녀는 남편의 옷을 정리하고, 작은 보따리에 약간의 음식과 옷가지를 챙겼다.

"돌아오세요. 꼭 돌아와야 해요."

순양의 속삭임에 홍섭은 그녀를 품에 안았다. 말로는 다 표현할 수 없는 감정이 두 사람 사이를 채웠다.

"기다려. 반드시 돌아올게."

홍섭은 아들 얼굴을 한참 동안 바라보고는 집을 나섰다. 순양은 마을 어귀까지 그를 배웅했다. 두 사람은 손을 맞잡았다. 그 손의 온기가 아직도 생생했다.

"순양아, 민기야."

왜적의 칼에 맞아 강변에 쓰러진 홍섭은 흐려지는 의식 속에서 아내와 아들의 이름을 불렀다. 지켜 주겠다고 약속했는데. 감나무에 감이 익을 때 함께 따겠다고 했는데. 함께 홍시를 따 먹을 가을을 보지 못하는구나. 바람에 흔들리던 마당의 감나무. 꽃이 지고 열매가 맺히던 그 나무 아래서 민기는 아버지의 귀환을 기다리고 있을 것이다. 아침저녁으로 대문 밖을 내다보며, 아버지 모습을 찾을 것이다. 미안함과 그리움이 북받쳐 올랐다. 눈물이 마른 눈가에 맺혔다. 다시 한번 아내의 웃는 얼굴을, 아들의 커 가는 모습을 보고 싶었다. 아들의 어깨에 손을 얹고 씩씩하게 자라라고 말해 주고 싶었다. 아내의 수고로움에 고맙다는 말을 제대로 해 주고 싶었다. 그러나 몸은 점점 차갑게 식어 갔고, 눈꺼풀은 천근만근 무거워졌다. 마지막 숨결과 함께, 홍섭의 눈앞에는 감꽃처럼 환하게 웃고 있는 순양의 모습이 어른거렸다. 그리고 그 옆에서 해맑게 웃는 민기의 모습도 보였다.

"아버지, 빨리 오세요."

민기의 목소리가 귓가에 맴돈다. 그의 거친 손은 차가운 땅바닥 위에서 무언가를 잡으려는 듯 희미하게 움직이다가 이내 힘없이 늘어졌다. 홍섭의 동공이 열린 채로 하늘을 향했다. 더 이상 그곳에 생명은 없다. 작원관을 뒤덮은 피의 안개 속에서, 삼백의 병사가 홍섭처럼 쓰러져 가고, 감꽃처럼 떨어졌다. 그들의 이름은 역사에 기록되지 않았지만, 그들의 희생은 깊은 상처로 이 땅에 새겨졌다. 작원관은 피로 물들었고, 신음이 끊이지 않았다. 방어선이 완전히 무너지자, 살아남은 조선군은 뿔뿔이 흩어졌다.

아몽은 몇몇 부하와 함께 부사를 도와 간신히 포위망을 뚫고 후퇴할 수 있었다.

"살아남아 후일을 기약하자."

아몽의 목소리는 떨렸다. 그의 등 뒤로 무너지는 작원관의 함락 소리가 들려왔다. 왜군의 함성과 조선 병사들의 비명이 뒤섞인 그 소리를 평생 잊을 수 없을 것이다. 왜군은 작원관을 넘어 북으로 향했다. 그들에게 작원관은 그저 통과점일 뿐이었다. 하지만 이곳에서 목숨을 잃은 이들에게는 마지막 전장이었다. 승리에 취한 왜군들은 생존자를 색출하려 사방을 뒤졌다. 시체 더미 사이에서 숨어 있던 부상자를 찾아내 처형했다.

"길을 열었다. 전군, 진격하라."

고니시의 명령이 떨어졌다. 지체했던 시간을 만회하려는 듯, 왜군은 서둘러 작원관을 통과했다. 그들의 목표는 한양이었다. 이토는 말을 타고 작원관을 지나며 잠시 뒤를 돌아보았다. 햇살에 비친 작원관의 모습은 평화롭게 보였지만, 수많은 시체와 불탄 목책이 전쟁의 참혹함을 말해 주었다. 승리의 안도감 속에서도, 무기를 손에 쥔 채 죽어 간 조선 백성의 모습은 기묘한 섬뜩함을 남겼다. 평범한 농부들이 죽음을 무릅쓰고 조총을 든 군사들에게 맞섰다는 사실이 이해되지 않았다.

"이런 자들이 우리를 며칠이나 막아 세웠다."

그의 중얼거림은 바람에 흩어졌다. 조선의 용사들이 보여 준 저항 의지는 왜군에게도 강한 인상을 남겼다. 그에게도 작원관은 '뜨거운 문'이었다. 예상치 못한 저항으로 많은 병사를 잃었고, 북진이 수일 지체되었다. 하지만 이제 그 문은 열렸다. 조선의 심장부로 가는 길이 활짝 열린 것이다. 이토는 말 머리를 돌려 북쪽을 향했다. 그의 뒤로 작원관의 모습이 점점 작아졌다. 전쟁의 비극은 계속되었다.

한편, 홍섭의 마을에서는 순양이 남편 소식을 기다리고 있었다. 민기는 아침마다 마을 어귀에 나가 아버지를 찾았다. 그들은 아직 홍섭의 죽음을 받아들이지 못했다. 어느 날 저녁, 순양은 마당의 감나무를 바라보며 중얼거렸다.

"돌아오면 가을에 함께 감을 따기로 했는데."

그녀의 눈가에 눈물이 맺혔다. 민기가 조용히 그녀의 손을 잡았다.

"아버지는 꼭 돌아오실 거예요, 어무이."

순양은 아들을 품에 안았다. 그녀는 알고 있었다. 남편이 돌아오지 못할 수도 있다는 것을.

그래도 기다려야 했다. 희망의 끈을 놓을 수 없었다. 마을의 다른 여인들도 비슷한 처지였다. 전쟁터에 남편과 아들, 오빠와 동생을 보낸 여인들은 매일 소식을 기다렸다. 그러나 돌아오는 이는 없었다. 어느덧 감이 익어가는 상강이 가까워졌다. 홍섭이 떠난 지 반년이 지났지만, 소식은 없었다. 그러나 순양은 여전히 남편을 기다렸다. 민기와 함께 감나무 아래 앉아, 익어 가는 감을 바라보며 남편의 귀환을 기다렸다.

"올해도 감이 많이 열렸네. 아버지가 돌아오시면 함께 따야지."

민기의 순진한 말에 순양의 눈가에 눈물이 맺었다. 그 눈물이 석양에 반짝였다.

배신자의 말로

작원관이 함락되고 난 후, 밀양 읍성은 왜군의 수중에 떨어졌다. 성벽 너머로 피어오르는 검은 연기는 마치 읍성의 영혼이 타오르는 것 같았다. 거리에는 시신들이 널브러졌고, 살아남은 자들은 집을 잃고 거리를 방황했다. 김 진사는 왜군에게 사냥꾼 길을 알려준 공으로 그들의 비호를 받으며 거들먹거렸다. 그는 새 주인을 위해 일하는 것이 얼마나 유리한지 빠르게 알아차렸다. 그의 집은 약탈을 면했고, 왜군 지휘부는 그에게 특별한 대우를 해 주었다. 김 진사는 앞잡이가 필요할 때마다 달려갔고, 왜장들의 환심을 사기 위해 최선을 다했다. 그는 자신의 배신을 정당화했다.

'조선은 이미 무너졌다. 살아남기 위해선 새 주인을 섬겨야 한다.'

왜군 곁에서 그는 점점 대담해졌다. 조선인들을 내려다보는 눈빛은 점점 거만해졌고, 걸음걸이는 더욱 당당해졌다. 예전에 그를 무시하던 이들이 이제는 그 앞에서 고개를 숙였다. 그것은 존경이 아닌 공포 때문이었지만, 김 진사에게는 그런 구분이 중요하지 않았다. 중요한 것은 이제 자신이 '윗사람'이 되었다는 사실뿐이었다.

"저 집에 귀한 게 많다고 들었네. 좋아할 만한 것들이 있을 걸세."

김 진사는 왜군 병사들을 이끌고 마을을 돌아다니며 집집마다 수색했다. 예전에 자기를 업신여기던 사람들의 집을 특히 자주 찾았다. 그의 지시로 얼마나 많은 집안이 파괴되었는지 셀 수도 없었다. 남자들을 노역으로 끌어갔고, 여자들을 욕보였다. 그는 눈 하나 깜짝하지 않았다. 오히려 왜군에게 아첨하기 위해 더 많은 정보를 제공했다. 왜군이 준 작은 권력에 맛을 들인 그는 더 큰 권력을 꿈꾸기 시작했다. 지역의 조선인들을 관리하는 감독관이 되고 싶었다. 그러면 더 많은 재물과 권력을 얻을 수 있을 것이라 여겼다. 그는 그 지위를 얻기 위해 더 많은 정보를 제공하고, 더 많은 동족을 밀고했다. 그는 이제 더 큰 기와집을 얻고, 더 많은 하인을 부리며 살았다. 그 집의 원래 주인이 어디로 갔는지 아무도 모른다고 했지만, 마을 사람들은 모두 알고 있었다. 김 진사가 집주인의 허물을 왜군에게 고해바쳤다는 사실을. 그러나 아무도 말하지 않았다. 두려움 때문이었다.

"이게 세상 이치라네. 강한 자가 살아남는 거야."

김 진사는 밤마다 술을 마시며 자기 행동을 정당화했다. 그러나 깊은 밤, 혼자 남겨질 때면 그의 마음 한구석에서 무언가가 그를 괴롭혔다. 꿈에서는 종종 죽어 간 사람들의 얼굴이 나타났다. 아침이 되면 그는 다시 강한 척했다. 그것이 살아남는 유일한 방법이라고 스스로 설득했다. 후발 왜군 지휘관인 마츠시다는 밀양에 주둔하면서 김 진사의 행적을 알게 되었다. 그는 교토의 명문 사무라이 가문 출신으로, 칼 솜씨만큼이나 엄격한 무사도 정신으로 유명했다. 그는 충성과 명예를 무엇보다 중시했고, 사무라이의 길을 벗어난 행위를 용납하지 않았다. 마츠시다가 도착한 첫날, 그는 김 진사에 관한 이야기를 들었다. 처음에는 단순한 협력자 정도로 생각했으나, 점차 그 행적의 전모가 드러나면서 그의 표정이 굳어졌다. 특히 김 진사가 이익을 위해 조선인들을 무고하고 재물을 빼앗은 일들이 보고되자, 마츠시다의 눈에서 위험한 빛이 번쩍였다.

"조국과 주군에 대한 충성은 무사의 근본이다. 배신자는 적보다 더 위험한 존재다."

마츠시다는 측근에게 이렇게 말했다. 그는 며칠 동안 김 진사를 관찰했다. 거만한 태도, 탐욕스러운 눈빛, 동족을 향한 무자비한 행동. 이 모든 것이 마츠시다의 혐오감을 불러일으켰다. 어느 아침, 마츠시다는 김 진사를 불러들였다. 전날 밤, 그는 이미 결정을 내린 상태였다. 김 진사는 큰 상이라도 받을 줄 알고 의기양양하게 나아갔다. 그는 전날 또 하나의 중요한 정보를 제공했고, 그로 인해 왜군은 인근 의병의 은신처를 찾아낼 수 있었다. 그는 이번에야말로 자신이 바라던 자리를 받게 될 거라 확신했다. 주둔지 본부로 향하는 길에 그는 가던 발걸음을 멈추고, 처음으로 자기 모습을 제대로 들여다보았다. 그의 옷은 화려했지만, 그 아래의 영혼은 누더기처럼 찢겨 있었다. 한순간 그는 자신이 걸어온 길을 되돌아보았다. 하지만 이미 너무 멀리 와 버렸다. 돌아갈 수 없는 강을 건넌 것이다.

주둔지 본부는 예상외로 조용했다. 평소 경비병들로 분주하던 입구도 한산했다. 이상한 느낌이 들었지만, 김 진사는 그것을 무시하고 안으로 들어갔다. 마츠시다는 가문의 검을 손질하고 있었다. 칼날이 차가운 아침 햇살을 반사했다.

"오셨소, 김 진사."

마츠시다의 목소리는 차갑고 단호했다. 여느 때와 달리 통역관도 없었다. 마츠시다는 조선어를 할 줄 알았지만 그동안 일부러 역관을 통해서만 대화했던 것이다.

"장군, 부르셨습니까. 제가 어제 드린 정보가 도움이 되었다고."

김 진사의 말이 채 끝나기도 전에 마츠시다가 천천히 일어나 그에게 다가왔다.

"네놈 덕분에 작원관을 쉽게 점령한 것은 사실이다."

차가운 목소리였다. 그의 눈에는 경멸의 빛이 가득했다.

"하나, 제 주인을 문 개는 언제든 다시 무는 법. 네놈 같은 배신자는 필요 없다."

김 진사의 얼굴에서 혈색이 빠져나갔다. 처음으로 그는 진한 공포를 느꼈다. 그제서야 그는 깨달았다. 자신이 이용당했을 뿐이라는 것을. 필요할 때만 쓰고 버려질 존재였다는 것을.

"장군, 제가 무슨 잘못을 했습니까. 저는 항상 충성스럽게."

김 진사가 변명할 틈도 없이, 칼이 번쩍였고 그의 목은 마당에 나뒹굴었다. 온몸에서 피가 분수처럼 솟구쳤다. 마츠시다는 칼을 천천히 닦았다.

"충성이라. 너는 그 단어의 의미도 모르는구나."

마츠시다는 시신을 내다 버리라고 명령했다. 김 진사의 시신은 산속에 버려졌다. 그의 등에 찍힌 배신의 낙인은, 결국 그의 목숨까지 앗아 간 것이다. 배신자는 결국 배신으로 망한다는 것을, 그는 너무 늦게 깨달았던 것이다. 한때 그토록 바라던 권력과 부, 그리고 인정은 모두 허상이었다. 진정한 힘은 뿌리와 정체성을 지키는 데서 나오는 법이다. 그는 그것을 버렸기에 모든 것을 잃었다. 김 진사의 죽음 소식을 듣고도 누구도 슬퍼하지 않았다. 그것은 마치 자연의 섭리처럼 당연한 결과로 받아들여졌다. 그의 죽음 이후로도 전쟁은 계속되었지만, 사람들은 하나의 교훈을 가슴에 새겼다. 아무리 어려운 시기라도, 영혼을 팔아서는 안 된다는 것. 김 진사의 이야기는 오랫동안 전해져 내려갔다. 고난의 시기에도 지켜야 할 것이 있다는 교훈을 담아서.

김 진사의 처형 소식은 빠른 바람처럼 아몽의 귀에도 들어왔다. 그날 밤, 아몽은 편치 않은 잠에 들었다. 그의 의식은 천천히 다른 시간, 다른 장소로 흘러갔다. 그는 갑자기 자신이 무거운 청동 갑옷을 입고 있음을 느꼈다. 주변에는 같은 갑옷을 입은 전사들이 있었고, 모두 긴 창과 둥근 방패를 들고 있었다. 그들의 머리카락은 길고 수염은 짙었다. 이전처럼 알아들을 수 없는 말이었지만, 마찬가지로 꿈속에서는 이해할 수 있었다.

"아리스토데모스."¹³

누군가 그를 불렀다. '꿈속의 왕'이었다.

'아리스토데모스.'

그 외침 하나에 '레테의 강' 저편, 잊힌 세계의 희미한 기억이 물결처럼 번져 왔다. 어쩌면 그것은 기억 너머에 고요히 잠들어 있던 전생의 그림자였을 것이다. 아스포델 초원 한가운데 아리스토데모스의 망령이 앉아 있다. 이천 년이 넘는 시간이 흘렀지만, 그의 영혼을 짓누르는 그림자는 조금도 옅어지지 않았다.

테르모필라이. 그 이름은 영광이자 동시에 그의 영원한 족쇄였다. 끔찍한 눈병은 그의 육신뿐 아니라 명예까지 앗아 갔다. 동료 삼백 명이 페르시아 대군을 상대로 장렬히 산화할 때, 그는 후방에 남아 목숨을 부지했다. '떨면서 도망친 자'라는 낙인은 그의 등 뒤에 선명했다. 1년 뒤 속죄를 위해 플라타이아이 전투에서 그는 누구보다 용맹하게 싸웠다. 적진 깊숙이 뛰어들어 홀로 방패 벽을 부수고 적들을 베었다. 죽음을 두려워하지 않는 그의 모습에 적들조차 몸서리쳤다. 하지만 스파르타 동료들의 시선은 차가웠다. 그들은 아리스토데모스가 명예 회복을 위해 무모하게 죽음을 자초했다고 수군거렸다. 결국, 최고의 무훈을 세우고도 그는 합당한 영예를 얻지 못했다. 죽어서 저승에 와서도 그 평가가 그를 따라다녔다. 영웅들이 모이는 엘리시온 들판이 아닌, 평범한 망자들이 거니는 아스포델 초원에 그의 자리가 있었다.

'이럴 순 없다. 나는 비겁자가 아니다. 단지 싸울 기회를 놓쳤을 뿐이다. 플라타이아이에서 보인 내 용기는 진심이었다. 죽음을 갈망한 것이 아니라, 스파르타의 영광을 위해 싸웠을 뿐이다.'

아리스토데모스는 끝없이 되뇌었다. 그리고 간절히 기도하기 시작했다. 신들의 왕, 제우스에게.

"위대하신 제우스시여, 부디 저에게 다시 한번 기회를 주십시오. 테르모필라이에서 다하지 못한 책무를, 플라타이아이에서 온전히 인정받지 못한 명예를 되찾을 기회를 주십시오. 저의 용기가 죽음을 향한 도피가 아니라, 진정한 스파르타인다운 투혼이었음을 증명하고 싶습니다."

올림포스산 정상에서 제우스는 아리스토데모스의 끊임없는 탄식과 기도를 듣고 있었다. 처음에는 못마땅했다. 죽은 자는 죽은 자의 세계에 머물러야 하는 법, 산 자의 세계에 관여하는 것은 혼돈을 부를 뿐이었다. 여러 차례 그의 간청을 외면했다. 하지만 아리스토데모스의 기도는 집요했다. 하루도 거르지 않았다. 그의 목소리에는 명예를 갈망하는 전사의 진실된 외침이 담겨 있었다. 그 끈기와 집념은 신조차 감탄하게 만들었다.

'저 영혼의 갈망은 실로 깊구나. 명예를 목숨보다 중히 여기는 스파르타인의 기개가 저승에서도 사그라들지 않았어.'

제우스는 고민에 빠졌다. 망자를 되살려 보내는 것은 법칙에 어긋나는 일. 하지만 저토록 간절한 영혼의 외침을 언제까지 외면할 수 있을까. 그는 마침내 결단을 내렸다.

"아리스토데모스여, 너의 간절함이 내 마음을 움직였다. 하지만 망자를 산 자의 세계로 그대로 돌려보낼 수는 없다. 대신, 네 영혼이 새로운 육신을 빌려 다시 한번 기회를 얻도록 해주겠다."

아리스토데모스의 망령이 희미하게 빛났다.

"조건이 있다. 너는 스스로 네 명예를 회복할 만한 상황을 찾아야 한다. 테르모필라이처럼, 소수가 다수를 상대로 항전을 벌이는 곳. 개인의 무훈이 아닌, 동료와 함께 대의를 위해 싸우며 진정한 용기를 증명할 수 있는 그런 전투여야 한다. 그곳에서 네가 '떨면서 도망친 자'가 아니라, 진정한 스파르타의 전사임을 증명한다면, 네 영혼은 비로소 안식을 얻을 것이다."

"감사합니다, 제우스시여. 반드시 그 기회를 찾아 증명해 보이겠습니다."

아리스토데모스의 영혼은 저승에 머물며 인간 세상을 지켜보았다. 수많은 전쟁과 전투가 명멸했지만, 그의 영혼을 강하게 끌어당기는 운명의 순간은 쉽게 나타나지 않았다. 좁은 협곡, 압도적인 수의 적, 자유와 명예를 위한 필사적인 항전. 그 모든 조건이 맞아떨어지는 상황은 흔치 않았다. 그는 조용히 기다렸다. 스파르타인다운 인내심으로. 이런 적도 있었다. 그의 시선은 낯선 대도시 위를 스치듯 지나갔다. 이스탄불, 오스만

제국의 새로운 심장부라 불리는 곳이었다. 히포드롬 상공을 살피던 그의 눈에, 마치 오래된 친구처럼 익숙하면서도 낯선 형체가 들어왔다. 세 마리의 뱀이 뒤얽힌 청동 기둥. 뱀 기둥. 그 순간, 그의 심장이 요동쳤다.

'저것은 델포이에 세워졌던, 살라미스와 플라타이아이 승리의 기념비가 아닌가.'

자신이 죽음으로 싸웠던 플라타이아이 전투의 전리품으로 세워진, 고대 헬라스(그리스) 도시 국가들의 이름이 새겨진 승전 기념비. 아리스토데모스는 뱀의 몸통이 휘감은 기둥에 새겨진 희미한 글자들을 훑었다. 그리스 도시 국가의 이름 가운데 조국 스파르타도 있었다. 벅차오르는 감격과 함께 쓰디쓴 회한이 몰려왔다. 이 기둥은 헬라스의 승리를 노래하고 있었다. 자신이 목숨 바쳐 이룬 승리였다. 눈병으로 얼룩진 테르모필라이의 기억이 다시금 그를 짓눌렀다. 황금 솥을 받친 뱀들의 머리 부분이 잘려 나간 채, 쓸쓸히 서 있는 기둥은 또 다른 슬픔을 안겨 주었다. 영원할 줄 알았던 승리의 상징마저도 시간의 흐름 앞에 스러져 가는 것을 본 그는 씁쓸한 미소를 지었다. 자신의 명예처럼, 이 기둥도 불완전한 모습으로 남아 있다. 델포이가 아닌, 이 멀고 낯선 땅에 홀로 선 채. 그러나 절망만 있는 것은 아니었다. 이 기둥은 역사의 증인이었다. 고대 이집트의 오벨리스크, 비잔틴 제국의 아야 소피아와 함께 그곳에 서서, 문명과 문명이 뒤섞이고 새로운 시대가 열리는 과정을 묵묵히 지켜보고 있었다. 어쩌면, 이 모든 혼돈과 변화 속에서 자신이 찾던 '그 전투'의 씨앗이 움트고 있을지도 모른다는 희미한 희망이 마음속에 떠올랐다.

그는 다시금 눈을 부릅떴다. 사라진 뱀의 머리처럼 잘려 나간 그의 명예를 되찾을 단 한 번의 기회. 그 불꽃은 아직 꺼지지 않았다. 아리스토데모스는 그의 운명을 기다리는 새로운 전장을 향해 다시금 날아올랐다. 그러던 1592년, 동방의 나라 조선에서 거대한 전쟁의 불길이 타오르는 것을 내다보았다. 왜의 대군이 바다를 건너오리라. 그리고 그의 영혼은 경상도 땅의 한 좁은 협곡, 작원관에 주목했다.

'강 절벽에 난 길.' 험준한 산을 가로지르는 좁고 긴 벼랑길. 그곳을 장악하려는 거대한 침략군과 소수의 병력으로 필사적인 방어전을 펼치는 군대. 지형적 이점을 활용해 적의 진격을 최대한 늦추야 하는 절체절명의 상황. 밀려드는 왜군을 막기 위해 소수의 병력으로 필사적인 방어선을 구축해야 하는 곳. 그곳이야말로 제우스가 말한 운명의 장소였다. 그가 이천 년 넘게 기다린 무대였다.

"저곳이다. 저곳에서 다시 싸우리라."

아리스토데모스의 영혼은 빛의 속도로 밀양읍성으로 향했다. 그리고 젊은 군관 아몽으로 스며들었다. 그제서야 아몽은 꿈속에서 깨달았다. 몽중몽(夢中夢)이었다. 자각몽(自覺夢)이기도 했다. 지금 자기 안에 아리스토데모스라 불리는 스파르타 전사의 영혼이 있다는 사실을. 테르모필라이 전투에서 눈병으로 귀환했던 그 '비겁자'. 그러나 결국 플라타이아이 전투에서 명예를 회복하고자 목숨을 버린 전사.

다시 꿈은 테르모필라이 전투 이전으로 되돌아갔다. 꿈속의 왕은 레오니데스 대왕이었던 것이다. 그가 다가왔다. 눈빛은 강철처럼 단단했고, 걸음걸이에는 권위가 묻어났다.

"우리는 오늘 여기서 싸우고, 여기서 죽을 것이다."

왕이 말했다.

"스파르타를 위해, 헬라스를 위해."

아리스토데모스는 고개를 숙였다. 그러나 그때, 캠프 어귀에서 소란이 일었다. 한 남자가 서둘러 왕에게 다가왔다.

"에피알테스라는 자가 왕을 뵙기를 청합니다."

전령이 보고했다. 레오니데스 왕은 잠시 생각하다가 고개를 끄덕였다.

"그를 데려오게."

뱀 같은 눈빛을 가진 마른 체격의 남자가 나타났다. 그의 걸음걸이에는 불안함이 묻어났고, 눈은 끊임없이 움직였다. 아리스토데모스는 즉시 그를 싫어했다. 무언가 신뢰할 수 없는 기운이 그에게서 풍겼다.

"위대한 왕이시여."

에피알테스가 절을 하며 말했다.

"제게는 매우 좋은 계책이 있습니다."

레오니데스는 냉정하게 그를 바라보았다.

"말해 보게."

"산을 통과해 테르모필라이로 가는 비밀 통로가 있습니다. 제가 그곳을 압니다. 페르시아 군이 그 길을 알게 되면 우리는 모두 죽을 것입니다."

왕의 눈이 가늘어졌다.

"그래서 그대는 무엇을 제안하는가?"

"저는 그 길을 페르시아 왕에게 알려 줄 수 있습니다. 그렇게 하면 그들은 우리를 뒤에서 공격할 것이고, 헬라스군은 무너질 것입니다."

침묵이 내려앉았다. 스파르타 전사들의 얼굴에는 분노가 번졌다.

"그대는 나라를 팔아넘기려 하는군."

레오니데스가 천천히 말했다. 에피알테스는 땀을 흘리며 말했다.

"군사 삼백 명으로 대군인 페르시아를 이길 수 없습니다. 저는 살아남기 위한 방법을 찾고 있을 뿐입니다. 크세르크세스 왕은 그 정보에 많은 금을 줄 것입니다. 우리 함께 그 보상을 나눌 수도."

그의 말이 채 끝나기도 전에 레오니데스가 고개를 돌렸다.

"이 자를 체포하라. 스파르타인은 배신자를 용납하지 않는다."

경비병들이 에피알테스를 붙잡으려 했지만, 그는 재빠르게 도망쳤다. 아리스토데모스는 그가 달아나는 모습을 보며 주먹을 쥐었다.

"그는 페르시아 크세르크세스 왕에게 갈 것입니다."

아리스토데모스가 말했다. 레오니데스는 깊은 한숨을 내쉬었다.

"그렇다면 우리의 운명은 이미 정해졌다."

꿈이 갑자기 변했다. 아리스토데모스는 이제 다른 곳에 있었다. 스파르타에 돌아와 있었다. 그에게 '비겁자'라는 수치스러운 호칭이 따라다녔다. 테르모필라이에서 눈병으로 고향에 돌아온 그는, 왕과 삼백 명 전사가 페르시아군에게 에워싸여 모두 전사했다는 소식을 들었다. 에피알테스의 배신으로 페르시아군이 비밀 통로를 통해 헬라스군을 포위했던 것이다. 어느 날, 아리스토데모스는 시장에서 잘 아는 노인을 만났다.

"에피알테스가 결국 처단되었다네."

노인이 말했다.

"테살리에로 도망쳤지만, 연합군 회의에서 그의 목에 현상금을 걸었지. 결국 안티키레에서 트레키스 출신 아테나데스에게 살해되었다더군."

아리스토데모스는 쓴웃음을 지었다. 배신자의 최후는 언제나 비참했다. 그러나 그 자신도 살아남았다는 이유만으로 비겁자라 불렸다. 명예를 회복할 길은 오직 하나, 다음 전투에서 목숨을 바치는 것뿐이었다.

"배신자는 결국 배신으로 망한다."

아리스토데모스가 중얼거렸다.

"하지만 비겁자는 어떻게 자기를 용서할 수 있을까."

꿈은 다시 흐려졌다. 아리스토데모스는 이제 플라타이아이 전장에 서 있었다. 그의 눈앞에는 페르시아군이 보였다.

"오늘, 나는 스파르타의 명예를 위해 싸운다."

그는 중얼거렸다.

"레오니데스 왕과 삼백 용사들을 위해."

그는 방패도 버리고 맨몸으로 페르시아 군진으로 돌진했다. 죽음을 두려워하지 않는 자, 아니 오히려 죽음을 갈구하는 자의 싸움은 무시무시했다. 수많은 적을 쓰러뜨리고 마침내 그도 쓰러졌을 때, 그의 얼굴에는 희열과 아쉬움이 교차했다.

"배신자는 배신으로 죽고, 비겁자는 용기로 죽는다."

아몽은 땀에 젖은 채 깨어났다. 부끄러움과 소망, 낙담과 희망이 엇갈리는 긴 꿈을 꾼 기분이었다. 밖은 아직 어두웠다. 그는 천천히 일어나 창가로 가서 밤하늘을 바라보았다. 김 진사의 최후에 대한 소식이 그의 꿈에 영향을 미친 것이 분명했다.

"세상은 변해도 진리는 변하지 않는구나."

그는 중얼거렸다.

"배신자의 최후는 언제나 같다."

저 멀리 닭 우는 소리가 들려왔다. 곧 새로운 날이 밝을 것이다. 전쟁은 아직 끝나지 않았고, 죽음과 삶, 명예와 치욕의 경계에서 모든 이가 선택을 해야만 했다. 아몽은 꿈속 한 용사의 마지막 순간을 떠올렸다. 희미한 기억 속으로 명예를 찾으려 수천 년을 기다린 전사의 모습이 보였다.

"이 난세에 어떤 선택을 해야 할 것인가."

아몽을 떠올리게 하는 꿈속 용사는 어떤 답을 줄 것인가. 그의 물음은 어둠 속에 흩어졌다. 밤은 깊었고, 전쟁은 계속되고 있었다.

금시당(今是堂)

간신히 밀양성에서 벗어난 아몽은 깊은 패배감과 죄책감에 시달렸다. 수많은 부하와 백성들의 얼굴이 눈앞에 어른거렸다. 부사 영감을 볼 면목도 없었다. 홍섭, 춘삼, 칠복처럼 끝까지 용감하게 싸우다 스러져 간 이들을 생각하면 가슴이 미어졌다. 그는 패장이었다. 비록 적의 발목을 잡았지만, 결과는 참혹한 패배였다. 꿈과 현실, 과거와 현재가 뒤섞인 혼란 속에서 아몽은 퀭한 눈으로 진영 밖, 유유히 흐르는 물줄기를 바라보았다. 문득 그의 뇌리에 밀양강이 굽이치는 언덕 위에 자리 잡은 별서, 금시당[14]의 모습과 그 이름의 의미가 떠올랐다. 밀양읍성 시절이었다.

'금시', 지금이 옳다는 뜻.

그 이름이 도연명의 귀거래사 구절, '각금시이작비(覺今是而昨非)', 즉 '지금이 옳고 지난날이 틀렸음을 깨달았다'에서 따왔다는 이야기를 들었던 기억이 났다.

'지금이 옳다.'

밤하늘의 별처럼 총명했던 소년 도잠, 훗날 전원시인의 대명사 도연명으로 불리게 될 그는 365년, 강서성 주장의 루산시 인근에서 태어났다. 그의 어린 시절은 녹록지 않았다. 아버지를 일찍 여의고 가세는 기울어, 하급 귀족의 가난 속에서 자랐다. 그러나 가난은 그의 학구열을 막지 못했다. 어지러운 세상을 바로잡고 가문을 일으키겠다는 청운의 꿈을 품고, 그는 밤낮으로 책을 파고들었다. 스물아홉, 드디어 주의 제주 참군으로 관직 생활을 시작했다. 그의 마음속에는 백성을 위한 정치, 세상을 이롭게 하려는 포부가 가득했다. 하지만 현실은 달랐다. 관료 사회는 아첨과 모략이 판을 쳤고, 진심보다는 형식이 중요시되었다. 그는 13년 동안 지방 관직을 전전했지만, 그의 이상은 번번이 현실의 벽에 부딪혔다. 마음속 깊은 곳에서부터 회의감이 싹트기 시작했다.

"이것이 정녕 내가 원하던 삶인가."

그러던 중 팽택현의 현령으로 부임하게 되었다. 그러나 그 자리도 잠시, 부임한 지 80여 일 만에 그의 인내심은 한계에 다다랐다. 군의 관리가 시찰을 나온다는 소식에 아전들은 허리를 굽실거리며 예를 갖추라 성화였다. 그 순간, 도연명의 가슴속에서 무언가 뜨거운 것이 치밀어 올랐다.

"내 어찌 다섯 말 곡식 봉급 때문에 허리를 굽혀 향리의 소인배에게 절을 할 수 있겠는가."

그는 관복을 벗어 던지고 미련 없이 관직을 떠났다. 고향으로 돌아오는 길, 그의 마음은 복잡하면서도 후련했다. 지난날, 관직에 얽매여 진정한 자아를 잃고 살았던 시간이 주마등처럼 스쳐 지나갔다. 그리고 마침내 깨달았다.

"각금시이작비(覺今是而昨非)!" (깨달으니 지금이 옳고 어제가 그르구나!)

어제의 삶, 즉 벼슬길에 나아가 부귀영화를 쫓으려 했던 것은 허상이었음을, 자연으로 돌아와 본성에 따라 사는 오늘의 삶이야말로 진실한 것임을 절감한 것이다. 그의 뜰에는 국화가 가을이면 만발했고, 그는 국화꽃을 따 술잔에 띄우고 시를 읊었다. 술은 그의 벗이었고, 자연은 그의 스승이었다. 유교적 교양과 노장사상의 자유로움을 넘나들며, 그는 꾸밈없고 진솔한 언어로 삶과 철학을 노래했다. 그의 시는 소박했지만 깊은 울림이 있었고, 평범한 일상 속에서 인생의 진리를 길어 올렸다. 427년, 도연명은 63세의 나이로 평화롭게 눈을 감았다. 그는 세상을 떠났지만, 그가 남긴 시와 '각금시이작비'의 정신은 시대를 넘어 깊은 감명을 주었다. 권력과 부귀영화를 향한 '어제의 그릇됨'을 과감히 버리고, '오늘의 옳음'을 살았던 도연명. 그의 삶은 오늘날 우리에게 진정 가치 있는 삶이 무엇인지 끊임없이 되묻고 있다.

수백 년이 흐른 조선 명종 시대, 좌부승지 이광진은 도연명의 '각금시이작비' 정신에 깊은 감명을 받았다. 그는 도연명처럼 고향으로 돌아가 금시당이라는 별서를 지었다. '지금이 옳다'는 도연명의 깨달음을 삶의 지표로 삼고자 함이었다. 이곳에서 그는 제자들을 가르치며 도연명이 추구했던 삶을 실천했다. 금시당은 도연명의 '각금시이작비'라는 여섯 글자에서 '금시'를 취한 것으로, 도연명의 철학적 깨달음이 조선의 땅에서 다시 꽃피운 것이다.

'지금이 옳다.'

아몽은 그 말을 되뇌었다. 그는 그 글귀를 두고 현재 상황을 헤아려 보왔다. 지금 이 참담한 현실이 옳다는 말인가. 아니었다. 그것은 현실을 긍정하라는 뜻이 아니라, 번뇌의 초점을 어디에 두어야 하는지에 대한 가르침이었다. 지나간 일, 즉 어제에 얽매여 후회하고 번민하는 것은 그르다. 그것이 꿈속의 영웅담이든, 뼈아픈 패배의 기억이든 마찬가지였다. 중요한 것은 바로 지금, 내가 발 딛고 선 이 현실에서 마땅히 해야 할 바를 행하는 것, 그것이 옳은 길이라는 뜻이리라.

아몽은 그리 해석했다. 아니, 그렇게 해석하고자 했다. 재해석이었다. 꿈도, 작원관의 패배도 모두 흘러간 과거였다. '꿈속 왕' 레오니데스의 충고 또한 결국은 현재의 노력을 독려하는 것이 아니었던가. 그렇다. 지금 그가 해야 할 일은 명확했다. 살아남은 자로서, 패배한 장수로서, 이 땅의 관리로서, 왜적에 맞서 다시 싸우는 것. 그것이 바로 이 순간, 그에게 주어진 '옳은' 길이었다.

금시당의 현판에 담긴 선현의 지혜가 혼란스러운 그의 마음에 한 줄기 빛처럼 다가왔다. 마음속의 혼란이 가라앉자, 그의 눈빛에 다시 결연한 의지가 섰다. 그는 자리에서 일어나 칼을 고쳐 잡았다. 스러져 간 이들의 몫까지 싸워야 할 책임, 살아남은 자의 무거운 책무가 그의 어깨를 눌렀지만, 이제 그것은 절망이 아닌 나아가야 할 이정표였다. 그는 앞으로 규합할 다른 군사와 함께 이 땅에서 왜적을 몰아낼 새로운 싸움을 준비해야 했다. 작원관에서의 패배는 끝이 아니었다. 그것은 새로운 시작을 위한 혹독한 시련일 뿐이었다. 살아남은 자에게는 살아남은 자의 책임이 있었다.

그날 잠든 그에게 다시 꿈이 찾아들었다. 이번에는 불타는 전장이 아니었다. 안개가 자욱한 강가, 혹은 구름 위인 듯한 몽환적인 공간에 레오니데스 왕이 서 있었다. 그의 모습은 예전처럼 위엄 있었지만, 눈빛에는 깊은 연민과 이해가 담겨 있었다.

"그대의 '뜨거운 문'에서 용감히 싸웠더군."

레오니데스가 먼저 입을 열었다. 그는 차마 고개를 들지 못했다.

"송구하옵니다. 결국 지키지 못했습니다. 수많은 이가 저 때문에 목숨을 잃었습니다."

죄책감에 목이 메었다. 레오니데스는 아몽의 어깨에 손을 올리는 듯한 시늉을 했다. 그의 표정에는 쓴웃음이 감돌았다.

"승리란 때로는 지켜 낸 땅이 아니라, 벌어 낸 시간과 보여 준 정신으로 가늠되는 법. 그리고 살아남은 자에게는 살아남은 자의 싸움이 있는 법이네."

"하지만."

아몽을 입을 열려고 했지만, 레오니데스가 말을 이었다.

"그대는 나의 전철을 밟지 않았네. 후일을 도모하라는 나의 속삭임을 들었던가. 그대는 살아남았네. 그것이 끝이 아닐세. 그대의 전쟁은 아직 끝나지 않았네. 스러져 간 이들의 몫까지 싸워야 할 책임이 그대에게 있네."

왕의 눈길은 따뜻했다.

"그대 안의 그 병사, 아리스토데모스 또한 그러했지. 눈병 때문에 전투에 참여하지 못하고 살아남아 비난을 받았으나, 결국 플라타이아이에서 누구보다 용감히 싸워 명예를 되찾으려 했지 않던가."

레오니데스가 아몽에게 손을 내밀었다.

"일어나게, 나의 부하여, 아니 조선의 장수여. 패배 속에서도 교훈을 얻고, 다시 칼을 잡게."

레오니데스의 모습은 서서히 안갯속으로 희미해져 갔다.

아몽은 꿈에서 깨어났다. 여전히 마음은 무거웠지만, 이전과는 다른 무언가가 가슴속에서 꿈틀거렸다. 그것은 절망이 아닌, 살아남은 자의 무거운 책임감과 다시 싸워야 할 이유였다. 그는 자리에서 일어나 창밖을 보았다. 아직 동트기 전, 어둠 속에서 희미한 별빛이 빛나고 있었다. 아몽은 다시 일어섰다. 마음속 혼란이 가라앉자 그의 눈빛에 나시 결연한 의지가 빛났다.

작원관에서의 패배는 끝이 아니었다. 그것은 속죄를 위한 새로운 시작이었다.

"이제 그 짐을 내려놓게"

이후 아몽의 삶은 용맹을 떨쳐 명예를 회복하려는 싸움의 연속이었다. 그는 박진 부사를 따라 병사를 수습하고 왜군과 맞섰다. 그는 덕망이 높은 박진과 함께하면서 몸과 마음을 다했다. 영천성을 탈환하는 데 큰 공을 세웠고, 왜군 포로로 잡혀 있던 1천여 명의 백성을 구출하는 데도 함께했다. 왜군 선봉장이었던 일본인 장수 김충선[15]이 박진 장군의 휘하로 투항한 일도 있었다. 명분 없는 전쟁에 회의를 느낀 그는 박진의 인품과 의리에 감화되어 조선군으로 싸울 것을 맹세했다. 박진의 덕망을 보여 주는 일화였다.

김충선은 여느 왜군과는 달랐다. 어려서부터 유학에 심취해 조선과 중국의 문화를 흠모했던 그는 살육과 약탈을 일삼는 동료들의 모습에 깊은 수치심을 느꼈다. 부산에 발을 디딘 후, 그는 부하들에게 약탈을 엄금하는 군령을 내렸고, 이틀 뒤에는 백성들에게 침략 의사가 없음을 알리는 글을 돌렸다. 이는 당시의 전장 상황에서는 상상하기 힘든 파격적인 행동이었다. 그의 마음은 이미 조선을 향하고 있었다. 김충선은 마침내 결단을 내렸다. 그는 박진에게 한 통의 서신을 보냈다. 서신에는 오랜 번민과 고뇌가 고스란히 담겨 있었다.

"사람이 문화의 땅에 태어나지 못하고 오랑캐 나라에 태어나서 끝내 오랑캐로 죽게 된다면… 때로는 눈물짓기도 하고 때로는 침식을 잊고 번민하기도 했습니다."

자신을 '오랑캐'라 칭하며 문화와 예의를 흠모하는 그의 진솔한 고백은 박진의 마음을 움직였다. 이어지는 글에서 김충선은 투항 의사를 명확히 밝혔다.

"이 나라의 예의문물과 의관 풍속을 아름답게 여겨 예의의 나라에서 백성이 되고자 할 따름입니다."

이 서신과 함께 그는 뜻을 같이하는 부하들을 이끌고 조선으로 귀순했다. 김충선의 투항 소식은 조정에 큰 기쁨을 안겨 주었다. 선조는 그를 행재소(임금이 임시로 머무는 곳)로 불러 직접 무예를 시험하고, 그의 깊은 지식과 무예 실력에 감탄했다. 선조는 곧바로 그에게 벼슬을 내리고 전장에서 그의 능력을 활용하도록 명했다. 조선에 귀화한 김충선은 조선의 국방력 강화에 크게 기여했다. 그는 일본에서 일찍이 서양의 조총을 받아들인 기이 지방 출신이었고, 대대로 무기 제조에 능했던 집안의 후예였다. 그의 가문은 손꼽히는 조총 부대 지휘관을 배출할 만큼 조총에 대한 깊은 조예를 가지고 있었다. 그는 조총의 구조와 제조 기술, 그리고 화약 제조법을 아낌없이 조선에 전수했다. 그는 또 조총을 활용한 고급 전술과 사격술, 그리고 검술을 비롯한 백병전 기술까지 직접 선보였다.

아몽은 박진이 지휘하는 경주성 탈환에도 참전했다. 첫 번째 공격은 실패했지만, 한 달 후 군사를 재정비하고 신무기를 동원해 마침내 경주성을 되찾았다. 이 승리로 영남 내륙의 왜군을 해안으로 몰아내는 데 성공했다. 이때 백 개가 넘는 왜군 수급을 조정에 올렸고, 모두 임금의 치하를 받았다. 전쟁 내내 최전선과 요직을 오가며 자신의 책무를 다했다. 수많은 전투에서 승리를 거두며, 패장의 굴레에서 벗어나기 위해 속죄의 의무를 묵묵히 수행해 나갔던 것이다.

정유재란의 광풍마저 잦아들고 전란의 상처가 조금씩 아물어 갈 무렵, 아몽은 오랜만에 깊은 잠에 빠져들었다. 꿈속에서 그는 안개 자욱했던 테르모필라이 협곡이 아닌, 잔잔한 물결이 햇살에 반짝이는 드넓은 호숫가를 거닐고 있었다. 마치 평생의 번뇌가 씻겨 나가는 듯한 평화로운 풍경이었다. 그때, 호수 저편에서 익숙한 그림자가 천천히 다가왔다. 스파르타의 왕, 레오니데스였다. 이전의 꿈에서 보았던 근엄하고 비통한 표정이 아닌, 온화하고 깊은 눈빛을 한 왕이었다. 아몽은 예를 갖추어 허리를 깊이 숙여 절을 올렸다. 그의 마음속에는 오랜 세월에 걸쳐 형성된 경외와 송구함이 교차하고 있었다. 레오니데스는 부드러운 미소와 함께 그의 어깨를 잡아 일으켰다.

"오랜만이군, 용감한 전사여. 이제는 조선의 용장 아몽이라고 불러야 마땅하겠지. 그대의 기나긴 여정을 멀리서, 아주 오랫동안 지켜보았네. 참으로 길고, 고되고, 또 외로운 싸움이었구나."

레오니데스의 목소리는 바람결처럼 부드러웠지만, 그 안에는 천근의 무게가 실린 듯한 깊은 이해가 담겨 있었다. 아몽은 왕의 시선을 마주하며 담담히, 그러나 가슴 깊은 곳에서 우러나오는 진심을 담아 답했다.

"왕이시여, 과찬의 말씀이십니다. 저는 그저 마땅히 해야 할 일을 했을 뿐입니다."

아몽은 이어서 '삼백'이란 말을 거듭 강조했다.

"작원관에서 스러져 간 조선의 '삼백' 용사들, 그리고 먼 옛날 테르모필라이에서 산화한 '삼백' 용사들의 영령 앞에 부끄럽지 않으려 필사적으로 노력했을 따름입니다. 매 순간, 그들의 무언의 외침이 저를 채찍질했습니다."

레오니데스는 아몽의 눈을 깊이 들여다보았다. 그 눈빛은 더 이상 과거의 고뇌와 자책이 아닌, 수많은 시련을 극복하고 얻은 지혜와 따뜻한 인정으로 가득 차 있었다. 왕은 고개를 천천히 끄덕였다.

"그래, 그대는 참으로 오랜 세월 동안 보이지 않는 무거운 짐을 지고 있었지. 마치 시시포스의 바위처럼, 끝없이 밀어 올려야 하는 숙명의 무게였을 테지. 하지만 보게. 이곳 조선 땅에서, 그대는 과거의 그림자로부터 도망치지 않고 다시 한번 그대만의 '뜨거운 문'과 정면으로 마주했네. 그리고 이번에는 결코 물러서지 않았어."

레오니데스는 잠시 말을 멈추고 아몽의 얼굴을 가만히 바라보았다.

"테르모필라이에서의 그대는 스파르타의 용맹만을 생각했겠지만, 이곳 조선에서의 그대는 달랐네."

아몽은 레오니데스의 말 한 마디 한 마디에 귀를 기울였다.

"기나긴 고통과 성찰 속에서 얻은 지혜로 싸웠지. 새로운 병사들과 함께 전의를 불태웠네. 수많은 백성을 구출하며 절망을 희망으로 바꾸기도 했지."

아몽은 그들의 얼굴을 떠올렸다.

"플라타이아이에서 죽음으로써 명예를 회복하려 했던 그대의 처절했던 모습 또한 용감했지만, 어쩌면 이곳 조선에서 행한 헌신이야말로 더욱 더 값지고 의미 있는 길이었을지 모르네."

왕의 목소리는 그의 영혼 깊숙한 곳에 울림을 주었다. 특히 '헌신'이라는 말은 그의 지난 세월을 관통하는 듯했다.

"경주성을 탈환할 때를 기억하는가."

레오니데스가 물었다.

"첫 번째 공격은 실패로 돌아갔지. 하지만 그대는 좌절하지 않고 군사를 재정비하고, 새로운 무기까지 동원하여 마침내 함락시키지 않았나. 최종 결정은 상관이 했겠지만, 그것이 바로 그대가 과거와 달라진 점일세. 단순히 죽음으로 책임을 다하려던 과거의 그대와 달리, 삶 속에서 방법을 찾고, 인내하며, 결국에는 승리하여 더 많은 것을 지켜 냈네."

왕의 따뜻한 인정에 아몽은 자신도 모르게 눈시울이 뜨거워지는 것을 느꼈다. 수천 년 동안 그를 짓눌러 왔던 죄책감과 부끄러움, 명예 회복에 대한 강박감이 봄눈처럼 녹아내리는 듯했다.

"이제 그 무거운 짐을 내려놓게. 오랜 빚은 모두 남김없이 갚아졌으니. 그대는 스파르타의 전사로서도, 조선의 군관으로서도 충분히 명예로웠네. 테르모필라이의 영웅들도, 이곳 조선에서 스러져 간 영혼들도, 모두 그대의 헌신을 알고 있을 걸세. 그러니 이제 평안을 누릴 자격이 그대에게는 차고 넘치도록 있네."

레오니데스 왕의 마지막 말과 함께, 아몽은 이천 년 넘게 자신을 짓눌러 왔던 거대한 무게감이 스르르 사라지는 것을 느꼈다. 마음 깊은 곳에서부터 따스하고 평온한 기운이 샘솟듯 차올랐다. 마치 오랜 겨울 끝에 찾아온 봄날의 햇살처럼, 그의 영혼을 부드럽게 감싸안았다. 꿈은 천천히, 부드럽게 사그라들었다.

아몽은 조용히 눈을 떴다. 방 안은 아직 어둑했지만, 창밖으로 여명이 밝아 오고 있었다. 그는 천천히 몸을 일으켜 창가로 다가갔다. 동쪽 하늘이 서서히 붉게 물들기 시작했고, 그 순간, 마치 축복처럼 한 마리 까치가 힘찬 날갯짓으로 하늘을 가르며 동쪽으로 날아올랐다. 예로부터 길조라 불리던 그 새의 비상이 새로운 시작을 알리는 듯했다. 그의 입가에 아주 오랜만에, 가볍고도 평화로운 희미한 미소가 번졌다. 길고 길었던 속죄의 여정이, 마침내 끝을 맺고 있었다. 새로운 아침이었다.

역사의 메아리

시간의 강물은 쉼 없이 흘러, 소년 민기를 청년으로 빚어 놓았다. 세월의 더께가 내려앉은 땅, 그중에서도 작원관은 민기에게 다른 의미로 다가왔다. 그곳에 설 때마다 시간의 경계를 넘나드는 듯한 기묘한 감각에 사로잡혔다. 스산하게 불어오는 바람결 속에는 자연의 소리만 있는 게 아니었다. 이곳을 지키려 했던 어른들의 처절했던 함성이, 칼날 부딪는 소리가, 죽음을 앞둔 병사의 거친 숨소리가 희미하게, 그러나 분명하게 실려 오는 듯했다. 민기는 그날을 결코 잊지 못한다. 아버지가 작원관으로 떠나던 그 아침, 어머니의 눈가에 번진 눈물, 그리고 아버지가 민기의 머리를 쓰다듬으며 남긴 마지막 말.

"민기야, 기억하거라. 때로는 살기 위해 죽음을 택하는 것이 진정한 삶의 도리다."

그때는 그 의미를 알지 못했다. 작원관에서 왜군을 상대로 싸우다 산화한 아버지와 이웃 어른들. 임진왜란의 검은 그림자가 이 땅을 뒤덮었을 때, 삼백 용사가 어떻게 그 좁은 길목을 막아섰는지, 수적으로 압도적인 왜군에 맞서 물러서지 않고 싸우다 장렬히 산화했는지를 민기는 마을 어른들의 입을 통해 생생히 들었다. 그리고 그 이야기는 어린 민기의 가슴에 뜨거운 불씨를 심어 주었다. 세월이 흘러 청년이 된 지금, 그 불씨는 역사를 이해하는 깊은 통찰로 타오르고 있었다. 민기는 자주 이곳 작원관지를 찾아 아버지의 넋을 기렸다. 처음에는 그리움에서였지만, 나이가 들면서 삶을 깨닫는 장소가 되었다.

민기는 눈을 감았다. 흙먼지 날리던 그 옛날의 전투 현장이 펼쳐지는 듯했다. 그리고 그 함성 속에서, 민기는 아버지의 모습을 떠올렸다. 소년 시절, 아버지와 함께했던 기억들이 그의 마음속에서 다시 살아났다. 아버지가 들려주던 옛이야기들, 논둑길을 걸으며 나눴던 대화들, 그리고 의병으로 떠나기 전에 들려준 작원관에 관한 이야기.

"아버지."

민기의 입에서 나지막한 부름이 새어 나왔다. 바람 소리가 잠시 멎는 듯했다. 그러자 흐릿한 아버지의 환영이 민기 앞에 서는 것 같았다. 피와 땀에 절은 옷, 굳게 다문 입술, 그러나 민기를 향한 눈빛만은 무한히 따스한 그런 모습이었다.

"민기야. 이만큼이나 컸구나."

상상 속 아버지의 음성은 세월의 간극을 넘어 민기의 마음에 직접 와닿는 듯했다.
민기는 목이 메어 왔다.

"아버지. 이곳에 서니, 아버지와 그날의 용사들이 왜 싸우셨는지 조금은 알 것 같습니다. 하지만 너무나 많은 피를 흘렸습니다. 참으로 고통스러웠을 것입니다."

아버지의 형상은 희미하게 미소 짓는 듯했다.

"고통이 없었다면 거짓이겠지. 죽음이 두렵지 않았다면 그것 또한 거짓일 게다. 하지만 민기야, 우리가 지키고자 했던 것은 그저 땅덩어리가 아니었다. 우리의 가족, 우리의 후손, 바로 네가 살아갈 이 땅의 평화와 자유였다. 우리가 흘린 피는 헛되지 않았다. 그것은 이 땅을 더 단단하게 만들고, 너희 세대가 더 굳건히 설 수 있는 거름이 되었을 것이다."

"하지만 아버지가 너무 일찍 가셨습니다. 저는 아버지가 더 그리웠습니다."

"안다, 아들아. 나 또한 너와 네 어미 곁을 더 지키고 싶었다. 하지만 역사는 때로 우리에게 가혹한 선택을 강요한다. 순리에 따르는 삶도 중요하지만, 때로는 역행하는 것처럼 보이는 희생과 저항이 더 큰 순리를 지켜 내는 법이지."

아버지의 형상은 다시 바람결처럼 스러져 갔다. 민기는 눈을 떴다. 눈가에 뜨거운 것이 흘렀지만, 마음은 오히려 차분해졌다. 아버지와의 짧은 대화는 상상이었을지언정, 그 울림은 현실의 어떤 위로보다 깊었다. 소년 시절의 기억들이 파노라마처럼 스쳐 지나갔다. 어미 뱃속에서 거꾸로 나오려던 새끼 돼지를 애써 살려 냈을 때의 안도감과 뿌듯함, 그리고 그 보답처럼 건네받았던 달콤한 홍시의 맛, 하얀 감꽃의 애처로운 아름다움, 작원관 전투 목격자들이 들려준 이야기들이 민기의 기억 속에 생생했다. 왜군의 검은 물결이 밀어닥치던 그 순간, 아버지가 선봉에 서서 외쳤다는 함성.

"물러서지 말라. 여기가 무너지면 우리의 가족과 고향이 위험하다."

그리고 마지막까지 무기를 놓지 않고 싸우다 쓰러진 아버지의 모습. 그 이야기를 들을 때마다 민기는 가슴이 미어지는 아픔을 느꼈지만, 동시에 형언할 수 없는 자부심도 느꼈다. 아버지는 떠났지만, 민기와 어머니, 그리고 마을 사람은 살아남았다. 작원관을 찾아 아버지의 넋을 위로했던 기억이 떠올랐다.

"아버지, 저는 아버지처럼 용감한 사람이 되겠습니다. 그리고 아버지가 지키려 했던 이 땅을 제가 대신 지키겠습니다."

민기는 이제 그 맹세의 의미를 더 깊이 이해했다. 칼을 들고 싸우는 것만이 아니라, 역사의 교훈을 기억하고 후세에 전하는 것 또한 중요한 '지킴'이라는 것을. 그래서 민기는 작원관 전투의 이야기를 기록하고, 때로는 마을의 아이들에게 그날의 이야기를 들려주곤 했다. 민기는 작원관지 옆을 유유히 흐르는 낙동강으로 시선을 돌렸다. 그 옛날, 가야와 신라, 백제의 전사들이 이 강물을 건넜을 것이고, 임진왜란 때에는 조선의 병사와 백성들이 이 강물을 보며 눈물을 흘렸다.

그리고 지금, 민기가 바라보는 이 순간에도 강물은 변함없이 도도하게 흘러가고 있다. 역사는 때로는 꿈처럼 허망하고 덧없이 사라지는 듯하다가도, 이 강물처럼 끈질긴 생명력으로 이어져 현재를 만들고, 또다시 미래를 향해 나아가는 거대한 흐름이었다. 작원관 전투에서 산화한 의병들의 넋을 기리는 제사가 열리는 날, 민기는 늘 앞자리에서 엄숙히 의식에 참여했다. 그리고 제사가 끝난 후에는 혼자 남아 깊은 생각에 잠기곤 했다. 오늘도 그랬다. 민기는 빗방울이 내리기 시작하자 처마 밑으로 몸을 피했다. 그곳에서 자문했다.

'삼백 용사가 이곳에서 목숨을 바치지 않았다면, 나는 지금 어떤 삶을 살고 있을까.'

그 질문에는 답이 없었다. 하지만 민기는 확신했다. 현재가 그 희생 위에 세워진 것임을. 그리고 그 희생을 헛되이 하지 않는 것이야말로 자신이 해야 할 일임을. 문득, 마당가 감나무에 주렁주렁 매달려 가을 햇살에 붉게 익어 가던 탐스러운 홍시가 다시 떠올랐다. 아버지가 살아 계셨을 때, 함께 따 먹었던 달콤한 홍시. 이제 민기는 그 깊은 단맛 속에 수많은 이의 땀과 눈물, 쓰디쓴 고통, 그리고 자신의 목숨을 기꺼이 내던진 숭고한 희생의 맛이 함께 배어 있음을 어렴풋이 알 것 같았다. 마치 잘 익은 홍시처럼, 역사의 진정한 의미와 가치도 시간이 흐르고 삶의 경험이 더해져야만 비로소 그 참맛을 느낄 수 있는 것인지도 몰랐다. 그의 등 뒤로, 역사의 강물이 과거에서 현재를 지나 미래를 향해 끊임없이 흘러가고 있다. 그리고 그 강물 속에 '삼백'의 영혼이 함께 흐르고 있다.

송 선생[16]

경남 밀양 삼랑진읍 낙동강 변에 자리한 작원관지.

임진왜란 초기, 삼백여 군관민이 왜군을 상대로 혈전을 벌였던 이곳은 한때 영남대로의 중요한 관문이자 국방 요충지였다. 그러나 전쟁 이후 성곽은 폐허가 되었고, 근대에 이르러 일제의 경부선 철도 부설과 1936년 낙동강 대홍수로 인해 그 터마저 거의 사라지는 비운을 맞았다. 하마터면 치열했던 역사의 현장이 완전히 잊힐 뻔했다.

이 역사의 조각을 다시 찾아 빛나게 한 이가 바로 향토사학자 송 선생님이다. 그는 작원관의 역사적 중요성을 깊이 깨닫고 터를 보존하고 성곽을 복원하는 데 남다른 열정을 쏟았다. 그의 노력이 없었다면, 우리는 작원관 전투의 의미와 아몽 군관의 고뇌, 오월의 감꽃처럼 스러져 간 삼백 용사의 희생을 제대로 알지 못했을 것이다. 그의 헌신 덕분에 작원관은 단순한 옛터가 아닌, 모두가 기억하고 기려야 할 소중한 역사의 현장으로 다시 태어날 수 있었다.

삼랑진의 몇몇 노인은 송 선생이, 먼 옛날에 이 땅에서 감꽃이 떨어지는 것을 지켜보며 새끼 돼지의 탄생과 죽음을 통해 삶의 이치를 어렴풋이 깨달았던 소년 민기의 후손일 거라고 속삭이곤 했다. 어쩌면 대대로 이어져 내려온 이 땅과 이야기에 대한 깊은 애정, 그것이 선생을 작원관 복원이라는 고된 길로 이끌었는지도 모른다.

그의 끊임없는 노력과 여러 사람의 염원이 모여, 마침내 1983년 작원관 터는 경상남도 문화재자료 제73호로 지정되었다. 그리고 1995년, 마침내 성문과 성루가 옛 모습을 되찾아 지금의 자리에 세워졌다. 남쪽의 적을 막는다는 뜻의 '한남문'과 구름을 떠받친다는 의미의 '공운루'가 낙동강을 굽어보며 다시 서게 된 것이다.

비록 그는 그 완성을 보지 못하고 타계했지만, 그의 숭고한 뜻은 작원관 옆 작은 비석에 새겨져 오래도록 기려지고 있다. 오늘날, 복원된 작원관지에는 그날의 함성을 기리는 '작원관 전투 위령탑'이 서 있다. 매년 음력 4월이면 이곳에서는 삼백 용사들의 숭고한 희생을 기리는 위령제가 열린다.

 까치원에 얽힌 아득한 전설, 테르모필라이의 메아리처럼 들려왔던 아몽 군관의 고뇌, 농기구를 들고 싸우다 스러져 간 홍섭과 같은 민초들의 처절함, 그리고 그 모든 것을 잊지 않고 되살려 낸 송 선생의 열정까지. 이 모든 이야기가 작원관이라는 이름 아래, 도도히 흐르는 낙동강 물결 위로 역사의 메아리가 되어 울려 퍼지고 있다. 마치 세월이 흘러야 비로소 그 깊은 단맛을 내는 홍시처럼, 역사의 의미 또한 기억하고 기리는 이들을 통해 더욱 값지고 선명하게 이어져 가는 것이리라.

 그리고 때때로, 오늘날에도, 작원관의 한남문 위나 공운루 지붕 위에는 한 쌍의 까치가 날아와 깍깍 울며 자리를 잡곤 한다. 마치 오랜 옛날, 이곳에 깃든 수많은 이야기를 기억하고 지키려는 듯이. '까치원'의 전설은 그렇게, 시간을 넘어 여전히 살아 숨 쉬고 있었다.

| 후기 |

꿈으로 꾸며진 헤로도토스의 『역사』[17]

 누구나 잠을 잔다. 이런 면에서 왕과 노예라도 평등하다. 그 특성은 죽음과도 같다. 누구나 죽기 때문이다. 그리스 신화에서는 죽음과 잠을 형제지간으로 여긴다. 셰익스피어는 단잠을 '죽음의 모조품'이라고 표현했다.
 잠자리에 든 후 1시간 정도가 지나면 깊은 잠으로 계속 빠져들지 않고 다시 얕은 잠으로 올라온다. 이때 렘(REM)수면에 접어드는데, 심장박동이 증가하고, 호흡이 빨라지고 불규칙적으로 변한다. 안구도 눈꺼풀 속에서 빠르게 움직인다. 꿈을 꾸고 있다는 증거다. 대부분이 꿈을 꾸지만, 40%가량이 꿈을 기억하지 못한다는 연구가 있다. 개인은 대략 1년에 600시간 정도의 꿈을 꾼다고 한다. 가짓수도 1,500개나 된다.
 고대 동양의 기록에서도 경험적으로 체득한 꿈의 다양성이 나타난다. 꿈 그 자체를 나타내기도 하고, 일상의 삶을 꿈에 비유하기도 한다.
 삼도몽(三刀夢)은 출세할 좋은 꿈을 말한다. 중국 진(晉)나라 왕준(王濬)이 들보에 칼 세 자루가 놓인 꿈을 꿨다는 데서 유래한다. 장한몽(長恨夢)은 깊이 사무쳐 오래도록 잊을 수 없는 마음을 이른다. 천인몽(天人夢)은 꿈을 통해 착한 일을 행하도록 하려고, 천인이 중생에게 꾸게 하는 꿈을 말한다.

무아몽(無我夢)은 정신이 한곳에 온통 쏠려 자신을 잊고 있는 경지를 말한다. 무아지경과 일맥상통한다. 풍랑몽(風浪夢)은 고생스럽거나 갈팡질팡하는 꿈을 지칭한다. 대부분 꿈이 여기에 속한다고 할 수 있다. 백주몽(白晝夢)은 깨어 있을 때 나타나는, 꿈과 비슷한 의식 상태를 말한다. 상사몽(相思夢)은 남녀 사이에 서로 그리워하여 꾸는 꿈이다. 프로이트의 리비도가 여기에 해당하는 게 아닐까.

이 세상의 덧없음을 꿈으로 표현한 종류가 많다. 인간사의 본질을 깨닫게 한다. 몽중몽(夢中夢)은 꿈속의 꿈이란 뜻으로, 이 세상이 덧없음을 비유적으로 이른다. 황량몽(黃粱夢) 역시 인생이 덧없고 영화(榮華)도 부질없음을 비유적으로 표현한다. 당나라 소년 노생(盧生)이 도사인 여옹(呂翁)의 베개를 빌려 베고 잠이 들어 부귀영화를 누리며 80세까지 산 꿈을 꾸었는데, 깨어 보니 아까 주인이 짓던 조밥이 채 익지 않았더라고 한다.

괴안몽(槐安夢)도 마찬가지다. 꿈과 같이 헛된 한때의 부귀영화를 뜻한다. 중국 당나라의 순우분이 술에 취하여 홰나무의 남쪽으로 뻗은 가지 밑에서 잠이 들었는데 괴안국(槐安國)의 부마가 되어 남가군(南柯郡)을 다스리며 20년 동안 영화를 누리는 꿈을 꾸었다는 데서 유래한다. 남가몽(南柯夢)이라고도 한다.

초록몽(蕉鹿夢)도 그렇다. 인생에서 얻고 잃음이 한갓 꿈과 같이 허무하고 덧없음을 이르는 말이다. 옛날 어떤 사람이 사슴을 잡아서 파초의 잎으로 덮어 두었으나 너무 기뻐 이리저리 왔다 갔다 하다가 그 장소를 잊어 버려 한갓 꿈으로 생각하고 찾기를 단념했다는 이야기에서 비롯됐다. 한단지몽(邯鄲之夢)도 궤를 같이한다. 노생(盧生)이 한단이란 곳에서 여옹(呂翁)의 베개를 빌려 잠을 잤는데, 꿈속에서 80년 동안 부귀영화를 다 누렸으나 깨어 보니 메조로 밥을 짓는 동안이었다는 데에서 유래한다. 호접몽(胡蝶夢)도 나비에 관한 꿈이라는 뜻으로, 인생의 덧없음을 전하고 있다. 중국의 장자(莊子)가 꿈에 호랑나비가 되어 훨훨 날아다니다가 깨서는, 자기가 꿈에 호랑나비가 되었던 것인지 호랑나비가 꿈에 장자가 되었는지 모르겠다고 한 이야기이다.

백일몽(白日夢)은 대낮에 꿈을 꾼다는 뜻으로, 실현될 수 없는 헛된 공상을 뜻한다. 예지몽(豫知夢)은 현실에서 어떤 일이 일어날 것인지를 미리 보여 주는 꿈이다. 자각몽(自覺夢)은 꿈을 꾸는 중이라는 것을 스스로 깨닫고 있는 상태에서 꾸는 꿈이다.

한국의 설화에도 꿈은 중요한 지위를 차지한다. 그 원조가 되는 게 조신 설화[18]이다. 삼국유사에 실려 전해지는 이 설화는 일장춘몽인 인생의 허무를 주제로 한 꿈의 문학으로 평가받는다. 내용은 이러하다. 신라 승려 조신이 강릉에 있는 절 소유 농장의 관리인으로 파견되었다가, 그곳 태수 딸을 보고 한눈에 반해 버렸다. 얼마 후 그녀가 딴 사람에게 출가해 버리자 조신은 그녀를 그리워하며 부처를 원망하는 데 이르렀다. 그러던 중 그는 깜박 낮잠이 들었다.

꿈속에서 태수의 딸은 "부모의 말을 거역하지 못하여 결혼은 하였으나, 당신을 사랑하여 이렇게 돌아왔노라"라고 하였다. 조신은 그녀와 더불어 고향으로 돌아가 40여 년을 같이 사는 동안 자식을 다섯이나 두었으나, 살림은 몹시 가난하여 나물죽조차 넉넉지 못하고 입을 옷도 없었으며, 15세 된 큰아이는 굶어 죽고 말았다.

도리 없이 남은 네 자식을 둘씩 서로 나누고 막 헤어지려는 찰나에 꿈을 깨고 보니, 날은 이미 저물어 밤이 이슥히 깊어 가고 있었다. 인생의 덧없음을 깨달은 조신은 불도에만 힘썼다는 이야기이다.

주인공이 꿈에서 현실에 대한 깨달음을 얻고 깨어나 본래의 자아로 되돌아오는 이러한 구성은 후대의 몽자류 소설에도 큰 영향을 미친다. 이 구조는 주인공이 꿈으로 들어가 새로운 인물로 태어나 일생을 살다가 꿈에서 깨어나 깨달음을 얻게 되는 것을 말한다. 일반적으로 '현실-꿈-현실'의 구조를 취하므로 필연적으로 액자식 구성을 취하게 된다. 몽자류 소설에는 『구운몽』, 『옥루몽』, 『옥린몽』 등이 있다.

꿈의 세상은 신비롭다. 꿈을 꾸는 의식과 깨어 있는 의식 사이에서 우리는 무엇이 참인지 의심한다. 80년을 산다고 할 때 6년 가까이 꿈속에서 지낸다. 이미애 작가의 판타지 소설 『달러구트 꿈 백화점 ― 주문하신 꿈은 매진입니다』가 생각난다. 이 작품은 잠들어야만 입장할 수 있는 꿈 백화점에서 일어나는 비밀스럽고도 기묘하며 가슴 뭉클한 이야기를 전한다. 그러나 실제 꿈은 이처럼 달콤한 내용만 꾸며지지 않는다. 도리어 열 번의 꿈 중 여덟 번은 불쾌하고 무섭고 절망적인 것으로 채워진다. 원하지 않는 일이 벌어지고, 시도해도 자꾸 실패하고, 누군가에게 쫓기고, 미워하는 대상에게 당하거나 하는 꿈을 꿔 본 사람이 많을 것이다. 풍랑몽(風浪夢)이라고 할 수 있다. 그런데도 꿈은 매력적인 면을 가지고 있다. 꿈을 또 다른 삶으로 여길 수 있는 것이다. 비록 깨어나면 허무하지만, 소망이 꿈속에 이뤄지는 순간은 매우 감미롭다. 보고 싶은 사람, 하고 싶었던 일들, 간절히 바랐던 목표 달성 등은 꿈을 매력적으로 만든다.

꿈은 왜, 어떻게 꾸는 것일까. 여러 이론이 있지만, 모든 걸 설명해 주는 건 없다고 보는 게 좋다. 꿈에 있어서 가장 유명한 사람이 바로 지그문트 프로이트다. 프로이트는 꿈이 다른 방식으로는 용인될 수 없는 감정을 방

출하는 통로를 제공한다고 보았다. 직접적으로 표현하면 위협적일 수 있는 무의식적 충동과 소망을 검열받는 상징적 버전이 꿈이라고 해석했다. 그래서 성인의 꿈은 성적 욕망으로 거슬러 올라간다고 믿었다. 동양식으로 표현하면 상사몽(相思夢)이라고 할 수 있다. 이에 대해 후대의 심리학자들은, 꿈이 있는 그대로의 내용을 나타낼 수도 있다고 보았다. 해석자가 원하는 대로 마음대로 해석할 가능성도 놓치지 말아야 한다고 비판한다. 한마디로 프로이트 이론에 과학적 증거가 빠져 있다는 것이다.

카를 구스타프 융은 프로이트와 다른 길을 걷는다. 융은 프로이트의 『꿈의 해석』을 보고 자신의 연구와 유사한 부분을 깨달은 뒤 그와 학문적인 교류를 한다. 하지만 '리비도'를 둘러싼 의견 차이로 결별해 자신만의 분석심리학 분야를 개척한 인물이다.

그는, 무의식은 말하려는 바를 위장하지 않고 직접 말한다고 주장한다. 한 사람의 꿈을 들여다보고 분석하는 일은 곧 그 사람의 무의식을 들여다보는 행위라는 것이다. "꿈은 어떤 목적이 있다"라는 것이 융의 지론이다. 융은, 꿈이 삶의 진정한 의미와 적성, 운명뿐만 아니라 곤경에서 빠져나올 수 있는 길까지 제시한다고 말한다. 꿈을 분석하면 자신의 무의식을 돌아볼 수 있게 되고 이를 통해 자신이 행복할 수 있는 길을 찾을 수 있다고도 한다.

융은 원형(archetypes)을 유전적이며 인류에게 나타난 보편적인 증거로도 제시한다. 어떤 환자의 꿈 이미지가, 그가 알 리가 없는 먼 나라의 옛 신화의 이미지와 유사하다는 것을 예로 들었다. 서로 멀리 떨어져 있어서 교류한 적도 없는 두 민족의 신화에 비슷한 이야기가 발견되는 예도 그러하다. 아몽 군관이 2,000년 전 레오니데스 대왕을 꿈속에 만난 것도

융의 이론으로 설명할 수 있지 않을까.[19]

기억을 정리 보관하는 과정으로 꿈을 파악한 이론이 있다. 그날의 사건을 분류하고 기억을 공고히 하는 데 일조한다는 연구이다. 하지만 경험하지 않은 사건을 꿈꾸는 이유를 밝히지 못하는 한계가 있다.

꿈 또는 렘수면이 두뇌 신경 통로를 발달시키고, 유지해 준다는 연구도 나왔다. 신경망이 극도로 발달하고 있는 유아는 많은 시간 동안 렘수면을 한다. 이 이론이 사실일지 모르나 의미 있는 꿈을 꾸는 이유를 설명하지 못한다. 이밖에 렘수면 때 일어나는 신경 활동을 두뇌가 이야기로 엮는다는 이론, 꿈 내용은 꿈꾸는 사람의 인지 발달이라는 이론을 찾아볼 수 있다.

헤로도토스는 이러한 꿈을 그의 『역사』에서 이야기를 전개하는 핵심 장치로 사용한다. 정확한 사건 발생과 전개를 알기 어려운 고대 역사를 풀어 나갈 때 중요한 징검다리로 활용했다. 그런 방식은 고대 사건을 풍부하고 박진감 있게 독자들에게 전하는 데 유용하다. 또 딱딱하고 진부한 사건에 풍미를 넣은 역할도 해 역사를 더욱더 흥미롭게 만든다. 일종의 전지적 작가 시점(視點)으로 사건을 기술했기에 소설적 흥미를 불러일으킨다. 전지적 작가 시점은, 작가가 등장인물의 행동과 태도는 물론 그의 내면세계까지도 분석 설명하며 이야기를 이끌어 가는 방식이다. 작가가 소설 속 인물의 내면세계와 외부 세계를 모두 관장하며, 작가의 관점에서 인물의 행동과 심리 상태를 해석하는 것이다. 꿈 이야기가 여기에 속한다고 할 수 있다.

하지만 비판도 만만찮다. 투퀴디데스는 그의 『펠로폰네소스 전쟁사』에서 이렇게 기술한다. "주제가 무엇이든 찬양하려 드는 시인의 시구나, 사실을 이야기하기보다는 청중의 시선을 끄는 데 더 관심이 많은 산문 작가의 기록에 방해받지 않을 것이다. 그들이 다루는 주제는 증명의 영역 밖에 있으며, 세월이 흘러 대체로 사료로서의 신뢰성을 상실하여 신화의 영역에 속한다"라고 적었다.

그는 해당자의 이름을 적시하지는 않았으나 시인은 호메로스, 산문 작가는 헤로도토스를 지칭한 것으로 보인다. 중요한 건 투퀴디데스가 호메로스나 헤로도토스를 신화의 영역에 해당한다고 본 것이다. 시인이야 그럴 수 있지만, 이른바 '역사'를 기록했다는 헤로도토스 입장에선 투퀴디데스의 말이 치명적인 게 될 수 있다. 역사의 기록자가 아니라 단순한 이야기꾼이라는 의미이기 때문이다. 『역사』에 나오는 많은 꿈 이야기가 투퀴디데스의 말에 설득력을 안겨 주는 측면이 없지 않다. 하지만 헤로도토스와 투퀴디데스가 다룬 시간과 영역의 현격한 차이를 고려하면 생각이 달라진다. 투퀴디데스는 자기가 참전한 펠로폰네소스 당시의 역사를 기록하고 있다. 또 도입부는 헤로도토스의 도움을 받았다고 할 수밖에 없는 내용으로 채워져 있다. 이에 비해 헤로도토스는 당시로서도 아득한 과거를 다루고 있고, 도보가 주 이동 수단이었던 시대에 아시아, 에우로페(유럽), 리뷔에(아프리카)를 여행하면서 사실상 전 세계의 역사와 풍물을 적고 있다. 그러니 이른바 '팩트'로만 그 방대한 내용을 채울 수 없었을 것이 자명하다.

이를 종합해 보건대, 헤로도토스의 『역사』는 신화의 영역에서 걸어 나와 역사적 사실의 문을 열고 걸어 들어간 책으로 분석할 수 있겠다. 헤로도토스를 '역사의 아버지'라고 불러도 손색이 없는 이유다. 한 시대의 막내는 새 시대의 형님인 법이다.

| 미주 |

1 '까치원'의 전설에서 유래된 지명으로 까치원 즉 작원의 금새가 이곳으로 날아 왔다고 하여 금새로 불리우다가, 이곳이 상습 습지로 주민이 곤궁하게 살고 있던 중 어느 날 이름 높은 고승이 이 마을을 지나다가 마을 이름을 검세(儉世)로 고치게 하고 마을 사람이 근검하게 살도록 권유하고 떠난 후 부자 동네가 되었다고 한다. (밀양시 홈페이지)
2 동래부사가 새로 부임하거나 이임할 때, 고을 백성들이 길섶에 늘어서서 맞이하고 배웅하며 존경을 표하는 길이다.
3 부산 동래에서 양산~삼랑진~밀양을 잇는 옛길. 동래~한양 간 길을 흔히 '영남대로'라고 불렀다. 그중 동래~밀양 구간은 황산도가 원래 명칭이다.
4 피곤에 지친 한 선비가 이 모과나무에 기대 잠을 자다 변고를 당하는 일이 있은 이후에 사람을 품어 보호하는 모양으로 변했다는 전설이 있는데, 이 이야기에 각색을 더했다.
5 부서져 옥이 된다는 뜻으로, 명예나 충절을 위하여 깨끗이 죽음을 이르는 말이다.
6 조선에 상륙한 서양인에 대한 가장 이른 공식 기록은 1582년(선조 15년) 포르투갈인으로 추정되는 '마리이(馬里伊)'가 제주도에 표착한 사례다. 그는 한양으로 압송된 뒤 곧 명나라로 이송되었다.
7 부산도시철도 4호선 수안역에 있는 동래읍성임진왜란역사관에서 그 참상을 확인할 수 있다.
8 고 정태규 소설가의 『편지』를 오마주했다. 2015년 1월 부산일보에 게재한 「이준영의 편지 여행 — 4. 하늘편지」의 시작 내용이기도 하다.
9 역사 기록에서는 양산 군수 조영규는 송상현과 생사를 같이하기로 했다. 동래성에서 적진을 향해 돌진하여 싸우다가 전사했다.
10 역사 기록에는 박진이 애초 동래성 전투에 참전했다가 밀양성으로 왔다는 내용이 있다.
11 실제 역사 기록에선 천태산을 우회해 습격했다고 한다.

12 이 내용은 임란 의병장 이응춘 간찰(壬亂義兵將李應春簡札)에서 따온 것이다. 이응춘이 1594년 10월 울산 개운포전투를 벌이기 직전에 적의 병력이 너무 많아 더 이상 버티기 어려움을 헤아리고, 아들 이승금(李承金)에게 전쟁의 상황을 알리고 집안을 부탁하는 내용을 담아 보낸다.

13 눈병으로 테르모필라이 전투에 참전하지 못한 인물. 1년 뒤 플라타이아이 전투에서 용감하게 싸워 명예를 회복했다. 다만, 스파르타인들은 그가 명예 회복을 위해 일부러 죽었다고 여겨 최고 무훈자로 여기지는 않았다.

14 이광진이 말년에 관직에서 물러나 고향에 머물며 제자들을 교육하기 위하여 지은 건물이다. 1566년에 처음 지은 금시당은 임진왜란 때 불타 없어졌다. 5대손 백곡(柏谷) 이지운(李之運)이 1744년에 복원했다.

15 나무위키 참조. 일본명은 '사야가(沙也可)'이다.

16 송만술 선생의 활동 일부에 소설적 허구를 가미했다.

17 『헤로도토스의 역사 따라 자박자박』(도서출판 엘박사들, 2022)에 수록한 글이다.

18 네이버 지식백과를 참고하였다.

19 본 책을 쓰면서 추가한 구절이다.

임란, 삼백 감꽃

ⓒ 이준영, 2025

초판 1쇄 발행 2025년 11월 13일

지은이	이준영
펴낸이	이기봉
편집	좋은땅 편집팀
펴낸곳	도서출판 좋은땅
주소	서울특별시 마포구 양화로12길 26 지월드빌딩 (서교동 395-7)
전화	02)374-8616~7
팩스	02)374-8614
이메일	gworldbook@naver.com
홈페이지	www.g-world.co.kr

ISBN 979-11-388-4927-2 (03810)

- 가격은 뒤표지에 있습니다.
- 이 책은 저작권법에 의하여 보호를 받는 저작물이므로 무단 전재와 복제를 금합니다.
- 파본은 구입하신 서점에서 교환해 드립니다.